秘本 Y

雨宮　　慶
藤沢　ルイ
井出　嬢治
内藤　みか
櫻木　　充
北原　双治
次野　薫平
渡辺やよい
堂本　　烈
長谷　一樹

祥伝社文庫

目次

甘美な毒

雨宮　慶

著者・雨宮《あまみや》　慶《けい》

一九四七年、広島生まれ。編集者、フリーライターを経て作家に。一九七六年のデビュー作以来、著作は百冊を超え、官能小説界の実力派として活躍を続けている。近著に『黒い下着の人妻』『美人アナ・狂愛のダイアリー』など。

1

気がつくと、いつのまにかベッドから下りてソファに座っていた。というよりもへたり込んでいた。

まだ心臓が激しい鼓動を打って息が弾《はず》んでいた。

放心状態のまま、鴨田《かもだ》は部屋の中を見回した。ベッドの上を除けば、まったく何事もなかったように見慣れたワンルームマンションの室内がそこにあった。

ふと、初めてこの美江《みえ》の部屋にきたときのことを思い出した。

あのときは、落ち着きなく室内を見回したものだった……。

そう思ったら、あの夜のことが脳裏に浮かんできた。

——半年ほど前、総務部の夏の恒例行事になっている、屋形船を借り切っての納涼飲み会があった夜のことだった。

その帰り、南条《なんじょう》美江をタクシーに同乗させて途中で落としていくことになった。たまたま彼女の住まいが鴨田の帰宅経路にあったからだが、そういうことはそれが初めてだった。

それに彼女がまだその年に入社したばかりで、それまでにそういう機会がなかったということもあった。

大手食品会社の受付に立っているぐらいだから、南条美江は容姿には恵まれている。とくにその容貌には二十二歳にしては妙に色っぽいところがあって、その夜の飲み会には先輩の受付嬢たちも参加していたが美江が男性社員たちに一番もてていた。

美江は彼らにすすめられるままかなり酒を飲んでいた。それでもアルコールに強い体質なのか、それほど酔っているようには見えなかった。

ところがタクシーが走りはじめるとすぐに、

「部長、あたし酔っぱらっちゃいました」

と呂律《ろれつ》のまわらない口調でいって、鴨田にもたれかかってきた。

いまになって急に酔いがまわってきたのか。

そのとき鴨田はそう思っただけで、不審には思わなかった。それどころか、そんな余裕はなかった。もたれかかってきた美江が、そのまま膝の上に倒れ込んでいたからだ。

鴨田はドギマギしながら、タクシーのルームミラーを見た。運転手と眼が合った。一瞬だったが困惑の笑いを浮かべた鴨田に運転手も笑い返してきた。お客さん、いい調子だね、といっているような、好意的な笑いだった。

鴨田と同年配の、人のよさそうな運転手は、それからは気を使ってくれたのか、努めてルームミラーを見ないようにしているようだった。

運転手の眼を気にしないですむのは助かったが、鴨田はドキドキしていた。美江が膝の上にうつ伏せぎみになっているせいだけではなかった。紺色の麻のスーツの、セミミニのタイトスカートが太腿《ふともも》の付け根のあたりまでずれ上がり、太腿にはほどよく肉がついているが全体的にはすらりとしたきれいな脚が、仄暗《ほのぐら》い中に艶《なまめ》かしく浮かび上がっていたからだ。

鴨田はそっと美江の顔を覗《のぞ》き込んだ。膝の上に顔を横たえた彼女は、眠っているようだった。

それを見て、根が真面目で、五十七歳という歳《とし》になるまで浮気の一つもしたことがない鴨田でも、少しは余裕のようなものが生まれてきた。

ところがそれでうろたえる事態に陥《おちい》ってしまった。美江の艶かしい脚だけでなく、黒光りしたロングヘアや、まるでフェラチオしているところを想像させるような格好や、スーツを着ていても悩ましい曲線を描いているヒップラインを見ているうちに興奮して、分身が充血してきたのだ。

鴨田の場合、真面目でカタブツだからといって妻以外の女にまったく興味がないわけではなかった。妻以外の女に興味を持ったりその女とのセックスを想像したりすることもあった。それでいてそれまで浮気の一つもしなかったのは、その結果厄介《やっかい》なことになるのを恐れる臆病さと持ち前の真面目な性格が歯止めになっていたからだった。

だから、美江を見ているうちに興奮し欲情したときも、なんとかして彼女をモノにしようなどという下心はなかった。

それよりも彼女に勃起《ぼっき》しているのを気づかれるのではないかと、そっちのほうが気が気ではなかった。というのもハラハラしながら彼女を見ているうちに、そうやってフェラチオしているところや、鴨田の上になって形のいい腰と一緒に艶《つや》のあるロングヘアを打ち振ってよがっている姿など刺激的なシーンがつぎつぎに脳裏に浮かんできて、すでにペニスがはっきりと勃起していたからだ。

それだけではなかった。ちょうど股間のあたりに置いてある美江の手が、勃起したペニスに当たっていた。幸い彼女はまだ眠っていたが、いま目覚めたらそれに気づくはずだった。

そのとき美江がふっと吐息を洩《も》らし、太腿をすり合わせるような動きを見せた。鴨田はドキッとし、あわてて声をかけた。

「南条君、大丈夫か？」

美江が眼を開けると同時に肩を抱いて起こした。

「あたし、眠っちゃってたんですね」

とろんとした表情とまだ呂律があやしい口調で美江がいった。勃起していることに気づかれなくてホッとしながら鴨田は笑いかけた。

「ああ。そんなに酔ってるようには見えなかったけど、タクシーが走りだしたとたんにバタンキューだ」

そのタクシーは美江が降りる場所にさしかかっていた。

「南条君が住んでるマンション、タクシーを降りてから近いの？」

鴨田は聞いた。

「ええ。歩いて二、三分ですけど……」

そこまでいって、どうしてそんなことを聞くのか、というような表情で美江が鴨田を見た。部屋に押しかけようとしていると誤解されたのではないかと思い、鴨田はあわてていった。

「あ、いや、南条君、酔ってるから近ければいいと思ってさ。そう、歩いて二、三分なら大丈夫だな」

「いえ、まだふらふらしちゃってて、大丈夫じゃないです。すみません部長、連れてってください」

美江は甘えるような表情と口調でいった。

鴨田は困惑した。マンションのことを聞いたのは、送っていってやろうとしてではなく、美江にもいったとおり、彼女が酔っているから近ければいいと思ったからにすぎなか

っ
鴨田が一瞬返事に困っていると、美江がタクシーを停《と》めた。そして、鴨田に腕をからめてきて、耳元で「部長、おねがいします」とさっきよりもさらに甘ったるい声で囁《ささや》いたのだ。しかも鴨田の腕にグッと、弾力のあるバストの膨らみを押しつけて。

さすがにカタブツの鴨田もいやとはいえなかった。それどころか、年甲斐もなく頭に血が上っていた。

それでも鴨田は、美江を部屋の前まで送っていったらすぐに帰ろうと思っていた。ところがそうならず、部屋に入る羽目になったのは、美江の思わせぶりな言葉に引っかかったからだった。

「あたし、部長の膝の上で眠っちゃってたんですよね。そのせいかしら、変な夢見ちゃったの」

部屋にいく途中で、そうつぶやくようにいったのだ。

「変な夢？」

「ええ。でもあれって、夢じゃなくて本当のことだったのかも」

美江は秘密めかしたような笑みを浮かべて謎めいたことをいった。

「どういうこと？」

鴨田は興味をそそられて聞いた。

「部長に関係あることです。でも、いうの、恥ずかしいわ」

「俺に？　それに恥ずかしいってどうして？」

「だって、エッチなことですもの」

こんどは、美江は艶かしい笑みを浮かべていった。

その笑みと彼女がいったことに鴨田はドギマギさせられながらも、若い部下の手前、はるか年上の上司としての体面を保つべく、余裕の笑いをつくっていった。

「そんなことをいわれるとますます聞きたくなるね。どういうことなんだ？」

「でもここだと……いいますから、入ってください」

二人は美江の部屋の前に立っていた。

自分のことで、しかもエッチなこと。そんなことをいわれるとそのまま帰るわけにもいかなかった。話を聞くだけだと自分に言い聞かせて鴨田は美江の部屋に入った。

2

ワンルームマンションの室内を、鴨田はソファに腰を下ろして落ち着きなく見回していた。

そのとき、娘のことが頭をよぎった。鴨田には美江と同じ年頃の娘と息子がいるが、もう何年も子供たちの部屋には入ったことがなかった。

美江の部屋はいかにも若い女の部屋らしい、甘いいい匂いがしていた。それにワンルームなので、いやでもベッドが眼に入った。

そのため鴨田は緊張してもいた。

美江は鴨田にソファをすすめたあとクーラーのスイッチを入れたり、スタンドの明かりを点《つ》けたり、スーツの上着を脱いでキッチンにいったり、こまめに動いていた。とても送ってもらわなければいけないほど酔っているようには見えないのを鴨田が不審に思っていると、

「お酒、ビールしかないんですけど、部長、ビールでいいですか？」

冷蔵庫を開けたまま美江が聞いてきた。

「酒はいいよ。さっきの話のつづきを聞いたら、すぐ俺は帰るから」

鴨田は本気でそう思っていた。

そのとき部屋の天井灯が消え、鴨田のいるソファのそばのスタンドの明かりだけになった。艶かしい雰囲気になって鴨田が戸惑っていると、美江が缶ビールを手にしてもどってきて、横に腰を下ろした。

「じゃあ、あたし飲みますから、部長飲ませてください」

缶ビールのプルトップを開け、鴨田に艶かしく笑いかけてそれを差し出した。鴨田はう

ろたえていった。

「なんだ、悪酔いしたのか。だったら俺は帰るぞ」

「そんなァ、このまま帰るなんてひどいわ。部長、ちゃんと責任取ってください」

美江が妙なことをいった。

「責任!? どういうことだ?」

「部長、さっきタクシーの中で、硬くなっちゃってたでしょ? あたし、部長のアレ感じてたら、久しぶりだったし、お酒に酔ってたし、ヘンになっちゃって……これって部長のせいですよ。責任取ってください。はい、まずビールを飲ませて」

美江は色っぽくなじるような笑みを浮かべて、まるで愉《たの》しんでいるような口調でいうと鴨田の手に缶ビールを持たせ、顔を仰向けて眼をつむった。

鴨田はうろたえるあまり呆然としていた。

だが眼の前の美江を見て、心臓が息苦しいほど激しい鼓動を打ちはじめた。

整った顔立ち。合わさったきれいな睫毛《まつげ》がふるふるふるえ、真紅のルージュが濡れ光っている、花びらのような唇が鴨田を誘っていた。

そのとき美江が眼を開けた。

「部長って、浮気したことなんてないんじゃないですか?」

ふっと笑っていった。

嘲笑されたと鴨田は思った。頭に血が上った。ぐいとビールを口に含んだ。それを見て美江がちょっと驚いたような表情をした。そして、また顔を仰向けて眼をつむった。

鴨田はキスにいきかけて躊躇《ちゅうちょ》した。いまならまだ引き返せると思った。が、この期《ご》に及んでまだそんなことを思う自分に腹が立った。

美江の唇がかすかに動いた。また嘲笑されたような気がした。

鴨田は美江の唇に唇を合わせた。ふっくらとしてみずみずしい、そして生々しい粘膜の甘美な感触に、まるで初めてキスを体験したときのような興奮をかきたてられた。

美江がわずかに唇を開いた。鴨田は、口に含んでいるビールを、彼女の口の中にゆっくりと注いだ。彼女が喉《のど》を上下させて嚥下《えんか》していくのがわかった。

そうやって口移ししていると、彼女と軀が繋がっているようなエロティックな気持ちに襲われて、鴨田は興奮を煽《あお》られた。

美江も興奮したらしい。口移しが終わると、せつなげな鼻声を洩らして彼女のほうから舌をからめてきた。

おずおずと鴨田も舌をからめた。だがうろたえた。美江の手が股間をまさぐってきたからだ。ビールの口移しからキスしているうちに鴨田の分身は硬くなっていた。

ズボン越しに強張《こわば》りを撫でまわす美江が、熱っぽく舌をからめてきながら、艶かしい鼻声を洩らす。鴨田は唇を離した。

「南条君、いけないよ」

いって美江の手を制した。

「どうしてですか？　奥さんのこととか気にしてらっしゃるんだったら、大丈夫ですよ、あたし部長に迷惑かけるようなことはしませんから」

そういって美江は立ち上がると、真っ直《ます》ぐに鴨田を見下ろして、

「それともあたし、そんなに魅力ないですか？」

と聞き、ノースリーブのブラウスのボタンを外しはじめた。

「南条君！……」

うわずった声を発したきり鴨田は言葉がつづかなかった。美江に見下ろされたときから、官能が燃え盛っているような、挑むようなその眼に圧倒されていた。

鴨田は眼の遣《や》り場に困った。といってもそれは美江がブラウスにつづいてスカートやパンストを脱いでいく間だけだった。その間もそうせずにはいられず、ちらちら見てはドキドキしていたが、彼女が薄いブルーのブラと同じ色のショーツだけになると、鴨田の眼はその下着姿に釘付けになった。

プロポーションがいいのは、会社で受付嬢の制服を着ているときからわかっていたが、まさに完璧だった。週刊誌のグラビアなどでしか見たことがないレースクイーンが眼の前に立っているようだった。

そのとき美江がまた鴨田をうろたえさせた。鴨田の前にひざまずくとズボンのベルトを緩め、チャックを下ろしたのだ。

「おい、何をするんだ⁉」

美江がなにをしようとしているかわかっているのに鴨田は聞いた。それだけあわてふためいていた。美江はそれには答えず、

「タクシーの中と同じ。部長がこんなになっちゃったから、あたしもヘンになっちゃったんですからね」

笑みを浮かべて愉しそうにいいながらトランクスを下げてエレクトしたペニスを取り出した。そして、ちらっと鴨田を見上げ、そのドキッとするほど色っぽい眼つきに鴨田が心を奪われているうちに、手にしているペニスに唇をつけ、眼をつむって舌をからめてきた。

『南条君、いけないよ、そんなことしちゃだめだ、やめろ』

胸の中でそう叫びながらも鴨田はされるままになっていた。

それなりに経験があるらしく、美江のフェラチオは巧みで刺激的だった。もっとも、女の経験が少ない鴨田から見てのことだが、いままで美江のように美味《おい》しそうにペニスをしゃぶったり、さらにしゃぶったりくわえてしごいたりしながら陰のうを手でくすぐるように撫で回されたりしたことなどなかった。

しかもフェラチオしているうちに美江自身も興奮し欲情が高まってくるらしく、そのためにうっとりとしているような表情でペニスをくわえてしごきながら、たまらなさそうな鼻声を洩らすのだ。

それを見ているうちに鴨田のほうが危うく暴発しそうになり、あわてて美江を押しやった。

「ああン、早くゥ、部長も脱いでェ」

美江が嬌声をあげて鴨田の腕をつかみ、引っ張りながら立ち上がった。

ズボンの前から唾液にまみれてエレクトしたペニスを露出したまま、鴨田も立ち上がった。

その格好で、いまさらいやはなかった。もうなるようにしかならない、いくとこまでいくしかない。そう覚悟を決めてスーツを脱ぎはじめると、美江がブラを取った。

露出した乳房に、鴨田は眼を見張った。ボリュームのある、きれいなお碗型をしていた。

その乳房を隠そうともせず、むしろ見せつけるようにして立っている美江を見ながら、鴨田はスーツを脱いでいった。そのとき初めて、ショーツの前の刺繍《ししゅう》が施されてシースルーの布になっている部分に、か黒いヘアが透けて見えているのに気づき、ズキンとペニスが疼《うず》いた。

鴨田がトランクスだけになると、それを待っていたように美江が鴨田の手を取り、ベッドのほうに誘った。前を歩く美江の、形のいいむっちりとしたヒップが小気味よく左右に揺れるのを見て、鴨田はゾクゾクした。

ベッドのそばまでいくと美江が向き直り、鴨田の首に両腕を回してきた。弾力のある乳房を胸に感じて鴨田は欲情をかきたてられ、美江を抱きしめた。美江が昂《たかぶ》った喘《あえ》ぎ声を洩らし、エレクトしたペニスが突き当たっている下腹部をこすりつけてくるようにして腰をくねらせる。興奮を煽られた鴨田は、美江を抱いたままベッドに倒れ込んでいった。

3

仰向けに寝ていてもほとんど形崩れしないお碗型の乳房に吸い寄せられるように、鴨田は顔を埋めた。

肌を合わせているだけで身も心も蕩《とろ》けてしまいそうな若い美江の肌と軀を感じながら、みずみずしい膨らみに顔を埋めた瞬間、軽いめまいと一緒に現実ではない世界に迷い込んだような感覚に襲われた。

鴨田は片方の乳首を舌でこね回したり口に含んで吸いたてたりしながら、一方の乳房を手で揉《も》むと同時に指先で乳首をくすぐったりした。

タクシーの中で眠ったふりをして鴨田の勃起したペニスを感じているうちに興奮したらしい美江は、それもあってか、鴨田が乳房をかまっているだけで感じてたまらなさそうな喘ぎ声を洩らしながら、繰り返し狂おしそうにのけぞっていた。

やがて鴨田は美江の下半身に移動していくと、ショーツを脱がせにかかった。彼女の一番秘めやかな部分があらわになると思うとそれまでになく胸が高鳴って、ショーツにかけた手がふるえそうだった。

悩ましく張った腰の中程までショーツを下ろしていくと、美江が腰を浮かせて脱がせやすくしてくれた。それでもショーツが腰とヒップを通り越すと同時に片方の太腿が下腹部を隠した。その膝に手をかけて鴨田はいった。

「南条君のここ、よく見せてくれ」

「やだ、部長でもそんないやらしいこと、いうんですか？」

美江が揶揄《やゆ》するような笑みを浮かべて聞いた。鴨田自身、思わず口をついて出た言葉に驚いていた。興奮のせいだった。

「いけないか？」

鴨田が聞き返すと、美江は笑みを浮かべたままかぶりを振り、

「でも、恥ずかしい……」

そういって片方の腕を眼のあたりに乗せ、太腿をよじっている脚をゆっくりと伸ばし

た。

あらわになったヘアが、鴨田の意表を突いた。美形の美江のヘアだから、薄くて楚々《そそ》としているだろうと勝手に想像していたのだが、こんもりと豊かに盛り上がった肉丘を飾っているそれは、逆三角形状に黒々と繁茂していたのだ。

ところが鴨田はむしろそれで興奮をかきたてられた。想像とはちがったそのヘアのほうが猥褻《わいせつ》に見えたからだ。

鴨田は美江の両脚を押し分けた。「いや」と美江が恥ずかしそうな小声を洩らしたが、されるままになっていた。眼の上に乗せた腕もそのままだった。一方の手は胸の上にあった。

鴨田は秘苑を覗き込んだ。美江の肉びらは色も形もきれいだった。みずみずしい唇に似ていて、当然のことに五十二歳の妻のそれとは比較にならなかった。

そんなときに初めて妻のことが頭をよぎったのは妙だったが、鴨田自身そのことでほとんど動揺しなかったのも不思議だった。それほど美江の秘苑に眼を奪われて興奮していたせいかもしれなかった。

美江の肉びらはすでにジトッと濡れていた。このぶんだとタクシーの中で勃起したペニスを感じていたときから濡れていたのかもしれないと思いながら、鴨田はそっと肉びらを分けた。ピンク色のクレバスがあらわになると同時に美江が喘いで腰をうねらせた。

「もう、きて」

鴨田はクレバスに口をつけた。とたんに美江が驚いたような喘ぎ声を発した。

「それだめッ。シャワーも浴びてないからだめよォ」

両手で鴨田の頭を押しやりながら、ひどくうろたえたようすでいった。

「平気だよ。きみだって、俺がシャワーを浴びてなくてもしゃぶってくれたじゃないか」

鴨田は強引にクレバスに口をつけ、舌でクリトリスをまさぐった。美江がふるえをおびた喘ぎ声を洩らした。ふっと彼女の軀の力が抜け、鴨田の頭から手が離れた。

クリトリスはすでに舌で感じ取れるほど膨れあがっていた。それを鴨田の舌がこねると、美江はすぐに泣くような喘ぎ声を洩らしはじめた。そして、いささかあっけないほど早く達してよがり泣きながら絶頂のふるえに襲われた。

鴨田が上体を起こすと、美江が「抱いて」といって両手を差し出した。待ちきれないほど欲情しているらしく、催促するように腰をうねらせた。

鴨田は手早くトランクスを脱ぐと美江の中に押し入った。怒張が滑り込むと同時に美江が悩ましい表情を浮きたててのけぞり、それだけで達したような声を洩らした。

美江の蜜壺は濡れすぎるほど濡れていても充分に刺激的だった。ペニスを抜き差ししていると、締まりがいいのでくすぐりたてられるような快感に襲われるのだ。

美江自身も感じやすく、ペニスの動きに合わせて悩ましい声を洩らす。その声がよがり泣きになって快感を訴え、さらに絶頂が近いことを鴨田に告げた。

刺激的な蜜壺と美江の反応で快感と興奮を煽られていた鴨田も、我慢の限界を迎えていた。

そのまま鴨田は美江を絶頂に追い上げていき、彼女がイクと同時に自分も快感を迸《ほとばし》らせた。


いろいろなことがわかったのは、行為が終わったあとのベッドの中でだった。

その夜タクシーに乗ったときから鴨田を誘惑するつもりだったと美江が打ち明けたのだ。酔ったふりをして鴨田に部屋まで送ってもらってそうしようと考えていたらしい。

ただ、タクシーの中で鴨田が勃起したのは計算外で驚いたが、これで誘惑することができると思い、勃起したペニスを感じているうちに美江も興奮したということだった。

なぜ誘惑しようと思ったのか鴨田が聞くと、

「部長って、カタブツって噂だったし、わたしから見てもそんな感じだったから」

美江は屈託のない笑みを浮かべていった。

「わたし、ファザコンてわけでもないんだけど、若い男よりうんと年上の部長くらいの人のほうが好きなんです。なんとなく、安心していられるから。それに年上でも遊び慣れてる人より部長みたいにカタブツって人のほうが好き。受付の先輩がいってたけど、遊び慣れてる人って、誘ったらすぐに乗ってくるから誘惑のしがいがなくてつまんないんですって」

受付の先輩じゃなくて、じつは美江自身そう思っていて、おもしろがって俺を誘惑したのでは？

鴨田はそう思って自嘲したが口には出さなかった。いまさらなにをいっても誘惑されたことにかわりはなかった。それよりほかにも気になっていたことがあった。

それは、美江がタクシーの中で鴨田の勃起したモノを感じてヘンになったといったとき、「久しぶりだったし」という言い方をしたことだった。

なぜそんな言い方をしたのか聞くと、美形の美江にしては意外な答えが返ってきた。会社に入って生活や環境がすっかり変わったせいもあったらしいが、しばらくセックスをしていなかったというのだ。早い話が相当、欲求不満が溜まっていたらしい。

そんな話のあと、二人でシャワーを浴びていると、また、美江のほうから鴨田の前にひざまずいてフェラチオしはじめた。

一晩に二回のセックスは、鴨田の歳ではかなりきつい。鴨田自身、自信はなかった。ところが驚いた。相手が若い美江だとみるみるペニスに熱い血がたぎってきて、勃起したのだ。

その心躍るような嬉しさが、鴨田を好色な中年男に変身させた。浴室の中で後背位や対面座位と体位を変えて、美江を粘っこく責めたてて翻弄《ほんろう》したのだった。

4

いまにして思えば、最初の夜に二回目のセックスをしていなかったら、それも美江の前で好色な中年男に変身することがないまま帰っていたら、そのあとは鴨田らしい自制心が働いて、おそらく美江との関係は一夜限りで終わっていただろう。そして鴨田は、それまでのカタブツにもどっていたにちがいない。

しかしその夜を境に鴨田は変わった。若い美江の軀と彼女とのセックスにのめり込んでいったのだ。

若いときから真面目一筋にきた男がいい歳になって女遊びをおぼえると狂ってしまう、とは世間でよくいわれることだが、鴨田の場合がまさにそれだった。

鴨田自身狂っているのはわかっていた。それでいてどうすることもできなかった。それどころか関係をつづけるにつれて、ますます美江に溺《おぼ》れていった。

そうなった原因は、美江の魅力や若くてきれいな彼女を自分の女にしているという悦びなどいろいろあったが、一番はやはり彼女とのセックスにあった。

それも鴨田自身、美江と関係するまでは経験したこともない享楽的なセックスをするようになったことが大きかった。

それはセックスプレイといえるようなもので、その一つに制服プレイがあった。

美江に会社で勤務中に着ている受付嬢の制服を持ち帰らせて、それを着た彼女と行為におよぶのだ。

とくに初めて制服プレイを体験したときの鴨田は、異常なほど興奮したものだった。

ブラウスの上にベストとタイトスカートという受付嬢の制服を着た美江を見ただけで、いつもとはちがう劣情が込み上げて分身が強張《こわば》ってきた。

鴨田は立ったまま制服姿の美江を抱いた。

「制服着てたら、こんなことしちゃいけないって気持ちになっちゃう」

美江が笑いを含んだ声でいいながら、そのくせバスローブ姿の鴨田の股間をまさぐってきた。

「それが刺激になっていいんだろ？」

鴨田がタイトスカート越しにヒップを撫で回していた手をスカートの中に差し入れて聞くと、

「あん、そう。部長だってそうでしょ？」

美江が腰をくねらせてうわずった声で聞き返し、鴨田の強張っているペニスをジワッと握りしめた。

ああ、と答えて鴨田は美江のショーツの股布の下に指を忍ばせた。彼女がつけているのは、ガーターベルトで太腿までのストッキングを吊ったスタイルの下着で、それは制服プレイを思いつく前から鴨田の希望でときおりつけるようになったものだった。

美江自身、制服プレイの前から興奮していたらしい。鴨田の指が分け入ったクレバスはすでに蜜にまみれていた。

「すごいな。もうこんなだよ」

美江の耳元で思わせぶりに囁いた鴨田は、わざといやらしい音を響かせて指でクレバスを掻《か》いた。

「アアッ、だめッ。アアン、立ってられなくなっちゃうからだめッ」

美江が鴨田にしがみついて腰を律動させながら嬌声をあげた。

「なら、××食品の美人受付嬢にひざまずいておしゃぶりしてもらおうかな」

鴨田がそういってなぶるのをやめると、美江は艶かしい眼つきで睨《にら》んだ。いやがって怒っているわけではない。戯《たわむ》れのようなものだ。

美江はひざまずくと鴨田のバスローブの前をはだけ、エレクトしているペニスを手にした。そして、黒光りしているロングヘアを一方の手で後ろに払うと、亀頭に舌を這わせてきた。

それを見下ろしていた鴨田は、そこが美江の部屋ではなく会社のどこかに隠れて勤務中の彼女にフェラチオさせている錯覚に襲われて、それでよけいに興奮を煽られた。

美江もいつもとはちがった興奮に襲われているらしく、いつも以上にせつなげな鼻声を洩らして熱っぽくペニスをしゃぶったり口にくわえてしごいたりしていた。

それで早々に我慢できなくなった鴨田は美江を立たせ、タイトスカートを腰の上まで持ち上げるようにいった。

「あん、いや」

美江はすねたようにいって鴨田をなじる眼つきで睨んだ。が、ふっと笑って、満更でもないようすでスカートを引き上げていった。

スカートが腰の上まで上がると、煽情的な下半身の眺めが露呈した。ガーターベルトもストッキングも、そしてショーツも、下着はすべて黒で、それにショーツはシースルーだから濃密なヘアがくっきりと透けて見えていた。

「これからは、会社の受付で美江を見るたびに、この格好を思い出しちゃいそうだな」

鴨田がゾクゾクしながらいうと、

「やだ、会社でヘンな気起こさないで」

美江が揶揄するような笑みを浮かべていった。

「わからないぞ。美江だってホントは、会社の滅多に社員がこない場所で、こんなことしてみたいなんて期待してるんじゃないか」

「ふふ、そうだったりして……」

いいながらショーツを脱がしていく鴨田に、美江が含み笑いしていった。

鴨田が享楽的なセックスをするようになったのは、美江のそういう乗りのよさにも助けられていた。それだけに鴨田にとって美江はかけがえのないセックス・パートナーでもあった。

ショーツだけ脱がせた美江を、鴨田はベッドに向かって立たせて両手をつかせた。

ガーターベルトしかつけていない、まろやかなヒップを突き上げた美江が、艶かしい喘ぎ声を洩らして鴨田を挑発するようにそのヒップを振って見せた。

挑発されるまでもなく、鴨田は受付嬢の刺激的な格好を見て欲情を、それも凌辱《りようじよく》欲をかきたてられていた。

美江の後ろに立ってペニスを手にすると、亀頭でクレバスをまさぐった。クチュクチュと卑猥な音が響き、美江が焦《じ》れったそうな喘ぎ声を洩らしてもどかしそうにヒップをくねらせながら、たまりかねたように挿入を求めた。

二人の間ではすでに卑猥な言葉をまじえた会話をセックスのさなかにやり取りするのがふつうになっていた。

挿入を求める美江を、鴨田が亀頭でクレバスをまさぐって焦らしながら誘導していくと、このときも美江は卑猥な言葉を口にして求めた。

そんな美江に興奮を煽られて鴨田は押し入ると、激しく突きたてていった。制服プレイではほかに受付嬢の制服を着た美江にオナニーをさせて、それを鑑賞したこともあった。

美江はそんなプレイもいやがりもせず、それどころか刺激に感じているようすで応じていた。

だから美江から突然、好きな人ができたといわれたときは、まさに青天の霹靂《へきれき》だった。

鴨田は信じられなかった。だが事実だった。

美江の口から相手の男の名前を聞かされたのだ。その男は、あろうことか鴨田と会社の同期で、しかも同期の中で出世頭の久米《くめ》常務だというのだった。

鴨田は激しいショックに打ちのめされた。

頭の中が真っ白になって、すぐにはなにも考えられなかった。

それが三日前のことで、それから毎日退社した美江を尾行していた鴨田は、ついに今日美江が久米とイタリアンレストランで会っているところを目撃した。

そのあとホテルか美江の部屋にいくかするのではないかと思っていると、二人はレストランの前で別れた。

今日はたまたまそうだったのだろうと思いながら美江のあとについて彼女の部屋までできた鴨田は、激しい嫉妬《しっと》にかられていた。レストランで見た美江の愉しそうな顔が脳裏に焼きついていたからだ。

美江は鴨田を見るとちょっと驚いたような表情をしたが、うろたえたようすはなかった。

それが鴨田にはふてぶてしく見えて、激しい嫉妬が怒りに変わった。

鴨田はいきなり美江をベッドに押し倒すと毟《むし》り取るようにして服を脱がせて全裸にし、前戯もそこそこにレイプするように彼女の中に押し入った。

そのまま、まだ充分に潤っていない蜜壺を激しく突きたてながら、

「もう久米と寝たんだろ⁉ 俺と久米のどっちがいい？ ほらいってみろ！」

そういって責めたてた。

「ああッ、ひどいッ。部長より、常務のほうがいいわ！」

美江は苦痛で歪んだ表情でいった。

それを聞いた瞬間、鴨田はキレた。

そのあとのことは思い出したくなかった。

よく覚えてもいない。そのことも、いま思い出していた美江との愉しかったことと同じように夢の中のことのように思えた。

鴨田はのっそりとソファから立ち上がった。

そのとき、机の上に置いてあるハードカバーの単行本のようなものが眼に止まった。手に取ってみると、日記帳だった。

美江が日記をつけているとは知らなかった。

パラパラめくっていると鴨田の名前が頻繁に出ていたが、最後のほうで久米という文字を見て、鴨田はそこに書かれている日記を読んだ。

読み終わって、ふらふらとベッドに近づくと、布団をめくった。

美江が眠っていた。首にネクタイを巻かれて……。

鴨田はブルブルふるえだした。

「アーッ!」

絶叫してその場にくずおれた。

美江の日記には、鴨田が近々結婚する娘のことを嬉しそうに話したとき、それを聞いて反発をおぼえ、久米のことを話して鴨田を嫉妬させてやろうと思った、というようなことが書かれていた。それに、久米には前からなんども食事に誘われていて、重役だから断りきれず、三回に一回は応じているが、好きなタイプではないことも――。

軋《きし》み

藤沢ルイ

著者・藤沢《ふじさわ》ルイ

東京都在住、早稲田大学在学中。本作は「小説NON官能小説大賞」受賞作。その瑞々《みずみず》しい感性とリアリティに選考過程から絶賛を浴びる。好きな作家は舞城王太郎。就職活動に励みつつ卒論に取り組むこの頃。

今夜もまた天井が軋《きし》んでいる。初めはゆったりと一定のリズムを刻みながら、次第に速まっていき、これ以上ないという程激しくなった後、突然途切れる。ため息をつき、数メートル真上で行なわれている男と女の交わりを想像した。古い木造アパートの天井は、二階の男女の熱い腰使いをあますことなく階下へと伝え、私を苛立《いらだ》たせる。露骨な軋みが響く度《たび》、軽く舌打ちをして、天井を睨《にら》むのが日課となりかけている。

真上の部屋に女が越してきたのは一ヵ月前だった。私は二十一歳の大学生で、上京した三年前からこの女子限定アパートで暮らしている。三月まで、二階には堤《つつみ》さんという三十歳くらいの社会人が住んでいた。

栃木《とちぎ》から上京した日に、彼女の部屋にタオルを持って挨拶《あいさつ》に行った。

「一階に越してきた斎藤《さいとう》です。引越しの挨拶に伺いました」

慣れない標準語のイントネーションでドア越しに名乗ると、背が高い細身の女性が現われた。

「はじめまして、堤です。こちらこそよろしくお願いしますね」

日曜だと言うのに堤さんはしっかりと化粧をし、愛想よくタオルを受け取った手にはマニキュアが美しく塗られていた。彼女はどことなく、洗練された雰囲気の持ち主で、私が思い描いていた都会の女のイメージそのものだった。そして、このぼろアパートには不似合いだった。

学生時代からずるずる住みつづけているという彼女は、一方的に貰うだけでは悪いからと、外国の石鹸をくれた。

彼女と話したのはこの一度きりである。

第一印象では落ち着いた大人の女性という感じだったが、階下に暮らすうちにその印象は変化した。意外にも慌て者らしく、よくグラスなどを床に落として割る物音が天井から伝わってくる。普通に歩いているだけでも足音ががさつで、彼女がいるかいないかは天井の軋みですぐに判断がついた。堤さんが引っ越した時、正直なところ、少しほっとした。あれほど騒々しい人物はそうそう越してこないだろうと思ったのだ。

しかし、事態は更に悪化した。次に真上に暮らし始めた女は足音こそ静かで床を軋ませることはなかった。そのかわり、早朝の四時に平気で掃除機をかけるような非常識な人物だったのだ。掃除機が動く度に私の部屋の天井は激しい音をたてる。音自体よりも彼女の無神経さに腹が立っていた。だが、掃除機などは、まだ序の口だ。

女が越してきて一週間後に、その奇妙な軋みは始まった。また掃除機かと天井を睨んだが、それは、掃除機が床を這う時の軋みではなかった。ボートを漕《こ》ぐような、力を込めたリズムのよい軋みだ。

謎が解けたのはさらに一週間後だった。

その朝、妙に早く目覚め、散歩がてら近くのコンビニに出かけた。まだ日の出前で、外には誰もいない。アパートの入り口まで戻った時、そこでキスをしている男女に出くわした。隠れる必要はないが、息を潜めてとっさに物陰に隠れた。名残惜しそうに男を見送ると女は階段を上り、私の部屋の真上のドアに入っていった。この時まで二階の女の顔は知らなかった。彼女は引越しの挨拶には来なかったし、そもそも住人同士が顔を合わせる機会はほとんどない。偶然部屋に入っていく所を見かけなければ、自分の上や隣にどういう人間が住んでいるのか知ることはないのである。

きっと、女は前の晩、男を部屋に泊めたのだろう。あの軋みは、セックスの腰使いの振動だったのだと、気づいた。頭上では掃除機の軋みが聞こえる。男が帰った直後、掃除機をかけてから眠りにつくのが彼女の習慣らしかった。その晩も、天井は独特なリズムで軋んだ。自分の数メートル真上で言葉を交わしたこともない他人がセックスをしていて、しかも、腰使いの強弱、テンポの何から何まで把握できるというのは妙な気分だった。

ほぼ毎晩繰り返される軋みを聞かされるうちに、日によって、軋み方に違いがあるような気がしてきた。ある晩は生真面目《きまじめ》にほぼ同じ間隔、同じ強さで軋み続け、十分ほどで止まる。別の晩はひたすら力強く、駆け抜けるような速さで軋み、またある晩は速くなったかと思うとじれったいほどゆっくりになり、最後は地震が来たのかと思うほど激しく軋む……パターンの違う軋みが日によってランダムに繰り返された。

おそらく、何人かの男たちが日替わりで女を抱いているのだろう。天井が軋む度に、二階の女を憎悪した。私には、恋人もセックスフレンドもいない。

大学に入りたての頃から付き合っていた男は三カ月前に去っていった。今では新しい恋人がいるらしい。一年半以上恋人とのセックスを欠かさなかった体は天井が軋み、頭上の男女の絡《から》む姿を想像しただけで熱くなる。目を閉じるとこの間見た女の姿が浮かぶ。一重《ひとえ》瞼《まぶた》の小さな目に厚ぼったい唇。無造作に結んだ硬そうな癖毛。色白だが、それ以外際立《きわだ》ったところは何もない。背も低くてずんぐりしている。あの平凡な女が何故《なぜ》男をとっかえひっかえできるのだろう。

鏡に全身を映してみた。一番に目に付くのは少し気の強そうな大きな瞳。子供っぽい印象を与える丸顔は気に入らないが、その周りのセミロングの黒髪は傷《いた》みもなくつややかで、自分でも見とれてしまう程だ。着ているTシャツを捲《まく》り上げると、柔らかそうな胸があらわれる。ブラジャー越しに手の平で包みこもうとしても余るくらいの大きさだ。弾力もある。痩せ型の体に釣り合わないこの胸は密かな自慢だった。私は十分魅力的だ。少なくとも、あの女よりは。それなのに、あの女だけがいい思いをしているのは許せない。

掃除機の音で起こされる怒りや否応《いやおう》なく聞かされる軋みが憎悪を生み出していた。それだけではない。毎晩毎晩タイプの違う責め方をされることへの羨望《せんぼう》、渇いた体をどうすることも出来ない自分への苛立ちや、複数の人間から愛され、必要とされている者への嫉妬の方が強かった。だが、それを認めると惨《みじ》めになる。騒音が私を苛立たせる。自分にそう思い込ませていた。

彼女が越してきてからもう三カ月たった。相変わらず軋みは止《や》まない。苛立ちも募《つの》ってゆく。

金曜日のことだった。サークルの飲み会から帰り、ベッドに横たわっていた。約束のように、軋みが始まる。押し殺すような鈍《にぶ》い軋み、そこから急カーブを描くように速くなったりと、不定期のリズムが長い時間繰り返されている。この日の軋みは、今まで聞いたどれとも違った。目を閉じて軋みに身を任《まか》せているだけで悶《もだ》えてしまいそうな、いやらしい腰使いが想像できた。今までのどの男とも違い、抜きん出て官能的な軋みだった。

アルコールで火照《ほて》った体がますますたぎり、思わず、下着に右手を差し入れた。どんなに欲情しても他人のセックスの音なんかでオナニーは絶対にしないつもりだった。しかし、思考回路の鈍った頭が理性を奪い、見たこともない男の奏《かな》でるリズムが性器から熱い透明な液体を溢《あふ》れさせる。慌ててブラジャーとショーツを剝ぎ取り、ベッドにうつぶせになった。

乳首の先端をシーツに微《かす》かに擦《こす》り付ける。痛いようなむずがゆいような感覚が乳首を固くしている。天井はまだ軋み続けていた。そのリズムに合わせてうつぶせになったまま腰をベッドに押し付ける。上の住人のセックスを聞き、興奮する自分を嫌悪した。しかし、それも一瞬でそのシチュエーションに燃えて、後はひたすら快楽をむさぼった。

仰向《あおむ》けになり、右手の中指を性器に突っ込み、注意深く、絶頂へのスイッチを探る。左手の人差し指を愛液で濡らしてクリトリスをつぶすように擦る。性器の中が熱く湿り、中指を包み込む。絶頂が近い。体を反らし、腹筋に力を入れる。自然にクリトリスをいじる指に力がこもり、動きが速くなっていく。

「あああ……あああん……」

自分でも驚くほど、大きな声が出てしまう。部屋の外に漏れたらどうしよう。そんなことを考えていても、声はますます大きくなり、体は頂上に向かって一直線に走っている。固く目を閉じ、天井の軋みに神経を集中させた。

「んー……いや、いく……」

ぐっと体を反らせた。腰の奥に電気が走った。性器が自分の指をきつく締め上げている。

何秒くらい無になっていたのだろう。気が付くと、ベッドにぐったり横たわっていて、指を差し込んだままの性器は緩《ゆる》やかに痙攣《けいれん》を繰り返していた。荒い呼吸をしながら指を抜くと、中指だけ微かに湯気が立ち上り、ふやけて風呂上がりのような皺《しわ》が出来ていた。粘度が濃く、酸っぱい匂いの液体がたっぷりと絡みつき、他の指との間に糸を引いている。

それをしばらくの間見つめた。

　天井の軋みはまだ続いている。持続力も腰使いもこれまでの軋みとは比べ物にならなかった。軋みに思いを馳《は》せていると急激に性欲がよみがえった。今度はうつぶせになり、腰をベッドに打ちつける。クリトリスは敏感になりすぎていて指で触れると腰が引けるので、なるべく触れないように気をつけながら、何度も動いた。

　ほんの数分前にいったばかりなのに、思いもかけず絶頂はすぐに訪れた。軋みのリズムに腰の動きを合わせ、ゆっくり味わうようにベッドに擦り付ける。体の奥底に鈍い快感が湧き出し、思わず息を止める。出来るだけ長い間身を任せていたくて快楽を逃がさないように腰に力を込めた。だが、限界がくる。脱力した途端、膣が終わりを告げる痙攣を起こした。ぐったり全裸で倒れたまま私は深い眠りに飲み込まれた。

　その日を境に二階には変化が起きた。連夜の軋みは絶え、週に一度か二度になったのだ。男が遅くまで寝ていくのか、掃除機の音が聞こえるのも、早くてせいぜい朝の七時に変わった。軋みのパターンは私が思わずオナニーをしてしまったあの男のものだけになった。彼と付き合い始めて、男遊びはやめたのかもしれない。頻繁《ひんぱん》に男を連れ込んでいた彼女を夢中にさせているのはどのような男なのだろう。気が付くと二階の女の恋人のことばかり考えるようになっている。そして、たった一人の恋人を見つけた女に対し、憎悪を通り越し、無意識に呪わしいまでの感情を抱いていた。

一度だけ、彼の声を聞いたことがある。

「ユミ、俺、吐きそう」

深夜、男の声が階段の方から聞こえたので、なんだろうと耳をすませていると、

「こんな時間に大きい声出さないでよ。酔い過ぎじゃん」

と続いて女の声がする。階段を上る二人の足音、やがて私の真上の部屋のドアが閉まった。二階の部屋の女は「ユミ」というらしい。男の声はなめらかで、想像していたよりも低めだった。

案の定、軋みは始まる。男の声を頭の中で反芻《はんすう》しながら自分を慰める。その声が「涼子《りょうこ》」と私の名前を呼ぶのを想像しながら。

ユミの恋人が欲しくてたまらなかった。顔も知らない男にその腰使いだけで魅了されるというのは変な話だが、間違いなく私は彼に焦《こ》がれていた。天井が軋む度、オナニーをする度に体が渇いていく。何とかしてこの欲望を鎮《しず》めなければ、どうにかなってしまいそうだ。

週に二度、塾の個別指導講師のバイトをしている。洋介《ようすけ》は私の生徒だ。高校二年生だが、童顔で華奢《きゃしゃ》なせいか中学生くらいに見える。物覚えが良く、宿題もきちんとやってき

て、真面目で手がかからない。横に座って英語の問題を解かせている時、彼の女の子のような顔立ちと長い睫《まつげ》毛に見とれてしまう。

彼が私に恋をしているのは薄々気づいていた。熱っぽい視線を感じて振り返るといつも洋介がいる。

二週間前、帰る準備をしていると、彼と一緒に塾に通っている智治《ともはる》が近づいてきた。

「先生、今度洋介とデートしてやってよ。あいつは先生に惚《ほ》れてるからさ」

智治は内気な感じのする洋介と違い、屈託のない明るい少年で、講師によく話し掛けてくる。私も担当の洋介より智治との方が雑談をする回数が多かった。この時もまた、いつものようにふざけているのだろうと冗談で返そうとしたところに、洋介が走ってきた。

「余計なこと言うなよ」

日頃は物静かな洋介が珍しく顔を紅潮させ、興奮している。

「俺がせっかくお前の代わりに頼んでやってるのにさ」

「それが余計なんだよ」

洋介は智治の腕を摑《つか》み、教室の外にひっぱっていく。

「こいつが変なこと言ってすみませんでした」

目を合わさないように下を向いた、恥ずかしそうな姿が妙にかわいかったのを覚えている。

それからも別に何かあったわけではない。洋介は雑談をしない真面目な生徒だったし、私もただのアルバイトの講師だった。相変わらず彼の綺麗な顔に見とれてはいたが、中学生のような少年に恋心や欲望を抱くことはなかった。

ただ、この日は違っていた。週に一度程だった軋みがこのところ一日おきに聞こえる。ユミと男の恋は燃え盛っているのだろうか、心なしか以前より熱のこもった軋みが一晩に何度も繰り返されていた。それと比例するように私も欲望の虜《とりこ》となり、男の体を欲していた。

本当は二階の男に抱かれたかった。しかし、叶《かな》わないなら誰でもいい。そんな思いに支配されていた時、目の前に洋介がいた。突然、彼とセックスがしたいと思った。

「洋介君、帰り道同じ方向だよね。一緒に帰らない？」

授業が終わった後、彼に声をかけた。いつも洋介と帰っている智治は塾を休んでいた。二人きりになるチャンスだ。

「は、はい」

洋介は顔を赤くし、やっと聞こえるような声で答えた。初心《うぶ》な態度がますます私を欲情させた。夜の十時の街を二人で歩く。季節はいつのまにか夏になっていて、蟬《せみ》の声がどこからか響いていた。おとなしい洋介は私の質問に答えるだけで、会話は弾《はず》まなかった。こんなに内気では部屋に誘ってもこないかもしれない。だが、どうしても体の渇きを癒《いや》したかった。

「そういえば、明後日、学校で英語のテストがあるんですよ」

弾まない会話に気を遣ったのか、初めて洋介が話題をふった。

「そうなんだあ。自信はある？」

「いや、全然ないです」

「でも、洋介君は真面目だからちゃんと勉強してるでしょ？」

あることを思いついた。

「ねえ、これからうちで英語教えてあげようか？　次に洋介君が塾に来るのは来週だから
その時にはテスト終わっちゃってるし」

勉強を口実にすれば、彼も部屋に来るかもしれない。連れ込みさえすればどうにかなる
はずだ。

「え……でも、迷惑じゃないですか？」

「全然。もしかして嫌だったりする？」

「そんなことないです。でも……」

「別に授業料とったりしないから。ね？」

はっきりしない洋介の手首を摑んで、アパートの方へ向かった。彼も抵抗するでもな
く、恥ずかしそうにうつむいてついてきた。

それから、部屋で三十分程、英語を教えた。クーラーがきいているのに彼の首筋は汗ばんでいた。真横に座っている私の腕が不意に触れる度、

「すみません」

と謝ってくる。三度目に触れ合った時、慌てて離そうとするのを逃がさないように、白くて細い洋介の手に指を絡めた。洋介は驚いたように私の顔を見た。彼の薄い唇に口付けをする。時間が止まった。一秒、二秒、三秒。唇を離した時、ふと洋介の股間を見ると、制服のズボンがテントを張ったように盛り上がっている。中性的で人形のようでもやはり男なのだと思うと急激に彼を欲しくなってしまった。

「洋介君、抱いて」

「先生?」

思わぬ展開に戸惑う洋介の手を胸元に引き寄せ、ブラウス越しに乳房を揉《も》ませた。

「お願い」

目を見つめながらもう一度キスをする。今度は舌を入れ、激しく吸った。ためらいがちにぎこちなくキスに応じた洋介は、性欲に耐え切れなくなったのか、私に覆い被さってきた。固くなったペニスが太股に押し付けられ、熱い。

「本当にいいんですか?」

私が頷《うなず》くのを見ると洋介は自分からキスをしてきた。細い腕に抱きしめられながら私は

既に濡れ始めている。洋介はブラウスのボタンを外そうとしているが、指先が震えてなかなか先にすすまない。私は自分でそれを脱いだ。洋介の真っ白いシャツも脱がせる。思った通り、細くて子供のような上半身が現われた。ブラジャーの上から洋介が胸に顔を埋めている。

「直接舐《な》めて」

私はブラジャーを外し、乳房を晒《さら》した。クーラーで温度の下がった空気が冷たい。だが、すぐに右乳首を熱い洋介の口が覆う。ねっとりとした口内の感触が気持ちいい。時折、乳首にざらついた舌先が絡みつき、激しく吸う。激しく乳房をむさぼる少年は、いつものおとなしい洋介とは別人のようだった。

「洋介君、全部脱いで」

どんなペニスを持っているのか見たくてたまらない。だが、洋介はためらった表情を見せた。

「あの、電気消してもいいですか？」

「別に恥ずかしがることないのに」

「でも……」

仕方なく部屋を暗くした。安心したように洋介はズボンのベルトを外し始めた。暗がりの中で凄《すご》い角度で上を向いたペニスのシルエットが見えた。想像していたよりもずっと長く、太く、その逞《たくま》しさが細身の体に似合わない。立ち尽くす洋介の前にひざまずいて固いペニスを口に含む。汗の匂いが強く鼻を突いたが、それさえ興奮を増長させた。

「先生、そんなことしなくていいです」

答えずに亀頭を咥《くわ》えたまま強く吸った。洋介が低くうめいている。裏筋を舌で往復し、カリを撫でる。突然、洋介に突き飛ばされた。何が起こったのかわからず呆然としてしまう。

「すみません。でも」

股間を押さえる洋介の手元を伝って床に滴が垂れている。刺激に慣れないペニスはあっという間に絶頂を迎えていた。

「飲んであげたのに」

ティッシュを探そうとする洋介を止め、射精してもまだ固いままのペニスを再び口で包む。洋介の指についた精液も全て舐めとった。洋介は申し訳なさそうに私を見ている。

「続きやろうよ」

そう言った私を床に倒し、洋介はスカートに顔を埋めてきた。布越しの熱い息がクリトリスにかかる。太股を舐めていた舌が次第に上がってきて、下着の隙間から性器に触れる。届くか届かないかの感触がじれったい。

「見せてもらってもいいですか？」

そういいながらスカートと下着を脱がせ、女性器に顔を近づけている。

「暗くてあんまり見えないでしょ？　電気つけていいから洋介君のも見せて」

洋介は一瞬迷ったようだったが、好奇心に負けたのか、おとなしく蛍光灯の紐《ひも》に手を伸ばした。

部屋が一気に明るくなり、まぶしくて私たちは目を細めた。洋介がよく観察できるように座ったまま股間を大きく開く。授業を聞くときのような生真面目な顔が股間を凝視する。視線を感じて、恥ずかしさで体が熱くなった。膣に指が入る。

「凄い……暖かい」

「ここに後で洋介君が入るんだよ」

その言葉に興奮したのか、洋介は指を抜き、クリトリスにいきなり吸い付いてきた。加減を知らないクンニのせいで、痛みが走る。

「痛い。もう少し優しく吸って」

太股を両手で押さえながら洋介は軽く舌先でクリトリスに触れた。思ったよりも上手《うま》い。

「うん、そういう感じでもっと舐めて」

しばらく指導していたが、忠実に従う洋介の舌に快感が強まって、次第に言葉が出なくなる。腰を浮かせながらうめく私を上目遣《うわめづか》いで見つめていた。目には女を悶えさせることへの優越感が浮かんでいた。洋介のこんな表情を見るのは初めてだ。五歳も年下の男の子に体の自由を奪われているという状況がますます体を熱くする。溢れた愛液を啜《すす》る音だけがジュルジュルと部屋に響く。予告もなく唐突に絶頂が訪れた。急に体を反らし、叫ぶ私に驚いていたが、それでも舌を休めない。

呼吸を乱し、崩れ落ちた私を見て洋介は心配そうにしている。

「先生、大丈夫ですか？」

「洋介君が上手すぎて、いっちゃっただけだから大丈夫」

「先生……」

洋介はいとおしそうに私を抱きキスをする。私もそれに応じた。

「そういえば、まだ、洋介君のしっかり見せてもらってないなあ」

観念したように私にペニスを向けた。クンニに悶える私を見ていた意地悪そうな表情は消え、シャイな少年に戻って床を見ている。洋介とは対照的にペニスはしっかりと天井を向いていた。茎《くき》の部分には青筋が浮いていた。黒ずみのない亀頭は先端の切れ目から透明な先走り液を出し、てらてらと光っている。それはショートケーキの上の苺《いちご》にかけられた蜜のように食欲をそそる。早くこのペニスを呑み込みたくて女性器が疼《うず》いている。

「もう、我慢できない。挿《い》れて」

私はベッドに倒れ、仰向けになった。

「俺、初めてだからどうやっていいかよくわからないです」

私は無言ではちきれそうな肉棒を握りしめ、膣の入り口に誘導した。いよいよ、洋介の童貞を奪うのだ。

「そのまま入ってきて」

洋介が腰を押し付け、固いペニスの先端がぐっと私の中を分け入ってくる。

「そう、奥まで挿れて」

ゆっくりと異物が女性器を侵略してきた。最奥部まで埋まった時、洋介が深いため息をついた。たったこれだけでじっとりと汗をかいている。私たちは正常位の体勢で完全に繋がっていた。

「どんな感じ?」

「熱い。何か想像してたよりざらざらしてて狭くて気持ちいいです。あと、ぬるぬるしてる」

「想像してたって誰かとセックスしたいなあっていつも思ってたの?」

「いや、あの、俺、先生とのセックスしか想像したことないです」

じっとしていられないのかゆっくりと腰を動かしながら洋介が言う。

「それっていつも私のこと考えてオナニーしてたってこと?」

洋介は顔を真っ赤にした。そして、思わず笑った私を黙らせるかのように、腰を激しく打ち付け始めた。洋介の目論見《もくろみ》通り、快楽に全ての思考を奪われて笑っていられなくなった。私の上では洋介が獣のようにうめきながら夢中で動いている。ぎこちないが、荒削りな腰使いは小細工がない分、単純に気持ちいい。洋介の背中に回した手に力が入る。

このままではまたいってしまいそうだ。

「今度は座ってやろうよ」

座位に変え、自分でコントロールしながら動いた。洋介は左側の乳房を揉みしだき、右の乳首を唇ではさんでいた。乳首を責められ快感が腰を突き動かす。私の腰使いが肉棒を刺激し、夢中になった彼の愛撫に力がこもる。その愛撫が更に腰を振らせ、無限のループになっていく。

「先生……俺、もう駄目です」

乳首から口を離した洋介が切なげに見つめる。その顔を見ているともっと苛《いじ》めたくなり動きを速めた。

「あ、出る」

彼が強く私を抱きしめた時、膣の奥が熱くなった。勢い良く精液がほとばしって子宮にかかっている。どくどくとペニスの血管が脈打ち、残らず私の中にぶちまけた洋介は放心したようにベッドに仰向けになった。

間髪《かんはつ》を入れず、その上に覆い被さる。まだ萎《な》えていない若い男根にまたがって女性器で咥え込み、上下にゆっくりと動いた。騎乗位で貪欲に求めつづける私を下から洋介が見ている。中ではペニスが再び力を取り戻し、固く突き刺さっていた。腰を捻《ひね》ったり、女性器で締めつけたり、新しい動きをする度に洋介は様々な表情で反応する。それが新鮮で、あらゆる技を駆使して責めたてた。

そのうちに私にも絶頂が迫る気配が訪れた。眉間《みけん》に皺を寄せ、快感の波を待ち受ける。

「先生、いきそうなの？」

洋介の言葉が耳に入らないほど夢中になり、クリトリスを洋介の恥骨に擦り付けるように動く。

「ねえ、乳首吸って」

上ずった声で懇願した私の左の乳首を洋介が下から咥えた。

「ああ、そっちじゃない。右がいいの」

私は右の乳首の方が感じやすい。彼が望み通り右乳首を優しく舐め上げると快感が一気に増す。

「そう。止めないで、もっと強く吸って」

腰を速める。もうすぐ絶頂が来る。体に力を入れて声にならない叫びを上げながら奥底から湧き上がってくるものに耐えた。頭からは洋介も自分の存在すらも消し飛び、むずがゆいような快感だけが残る。

「いったのわかります。先生の中が痙攣してる」

洋介の胸に倒れこむと優しく抱きしめられた。強い鼓動が伝わってくる。繋がったまま無言で抱き合った。

「もう一回いいですか？」

しばらくして洋介が言い、再び正常位に戻る。

私の足を抱え上げ、今度は誘導なしで目的地に辿《たど》り着く。舌を差し込まれ激しいキスを交わしながらピストンが始まる。唇は耳や首筋を這い、右の乳首に行き着く。勉強だけでなく、セックスの覚えも早い。頭がいい子だなあと頭の隅で考えた。探究心が旺盛《おうせい》らしく、足を肩にかけたり、私の体を横にしたり、様々な挿れ方を試している。一時間前までは触れるだけで動揺していた洋介を思い出して、少しおかしくなった。

そうこうするうちに体の奥で肉棒の先端が膨《ふく》れ上がっているのを感じる。そろそろ終わりが近いのかもしれない。

「いきそうなの？」

必死で腰を動かしながら洋介が頷く。

「きて」

スピードが更に上がり、濡れそぼった性器が水音をたてる。洋介が肩をしっかり摑んできた。

「先生、好きです」

唇を重ねた。洋介の汗が口に伝い、海の味がした。その途端、大量の精液が流れ込む。もっと欲しい。全部流し込んで。零《こぼ》れ落ちないように腰を浮かし入り口を締めた。唇を離し、洋介が耳元で喘《あえ》いでいる。それがかわいくて頭を撫でた。

蛍光灯を消し、生臭い精液と愛液のつんとするような匂いが充満する部屋でまどろんだ。膣の中には粘り気の強い精液が溜まり、欲望はやっと収まった。理性を失いそうになるくらいの性欲は嘘のように影をひそめ、心地よい充足に気だるく包まれる。

しかし、それも一瞬だった。軋みが始まったのだ。十分すぎるほど満足したはずだった体が天井の音を聞く度に再び渇き始める。それまでよりももっと強く。どうして、二階の男の虜になっているのだろう。あれだけ、セックスした直後なのに、狂おしいほど濡れてくる。洋介では渇きは癒せない。漂流し、飲み水がなくなった時、喉が渇いたからといって海水を飲めば、もっと喉が渇くだけだ。だが、渇いてどうしようもない私は、目の前にある海水を飲まずにはいられない。

横で静かに寝息を立てている洋介を見た。そっとその上に体を重ね、色素の薄い乳輪を舌でなぞる。小さな乳首が固くなり始めたとき、彼が目を開けた。

「あれだけじゃ足りないの。もっと欲しい」

軋みの回数に性欲が比例していく。早くどうにかしてほしい。愛撫を始めようとした洋介を止めた。

「今すぐ突っ込んで」

そういいながら、ペニスを軽く扱《しご》くと瞬く間に勃起して挿入できる固さになる。正常位で差し込んでもらったが、私の方はまだ、準備が整っていなかったらしい。奥に溜まった精液の助けを借りても滑らかに入っていかない。それでも、この貪欲な性器に蓋《ふた》をして欲しかった。洋介は愛液が足りないのを感じて、一旦抜こうとしている。

「すぐに濡れるから抜かないで」

ゆっくりと腰を動かす。依然として続いている軋みに意識を集中した途端、泉から水が湧き出した。

「もう大丈夫ですよね？」

両乳首をつまんで弄《もてあそ》んでいた洋介が腰使いを速める。目を閉じると暗がりの中は軋みと粘膜に届く刺激だけの世界になる。耳元の洋介の呼吸より、数メートル上から響く古天井の音が心を支配する。たった今、洋介と交わっているのに、二階の男とのセックスを求めてやまない自分がいる。

私の中で熱に浮かされている洋介はわずかな天井の軋みなど、耳にも入っていないようだ。

軋みが止まった。ああ、あの男は絶頂を迎えたのだ。想像しただけで、子宮がじんじんする。洋介も頂点に向かって駆け上がっているようで、乳首に吸い付きながら、腰は器用に肉棒を叩きつけている。

「いきそう」

「私も」

今まで、男と同時に絶頂を迎えた経験はなかった。初めて同じタイミングで喜びを分かち合うというのに、何の高ぶりもなかった。ただ、二階の男の絶頂に追いつきたいという気持ちだけが私を高みへと駆り立てる。

「もう、いい？」

洋介が堪《こら》えに堪えた表情で見つめてくる。私ももう駄目だ。両手を絡め、見つめあった。私の心がここにないことなど、洋介が知っているわけがない。それなのに顔を歪《ゆが》ませながら精子を放出する目が哀しそうに見つめてくる。何故なのか考える間もなく、私も深い渦に飲み込まれた。

「先生」

制服を着て、帰る準備をしながら洋介が言った。

「先生はどうして俺とセックスしたんですか？　俺が子供だから、からかいたかったんですか？」

どう答えていいかわからず、黙る。怒っているような表情を浮かべながら彼は続けた。

「俺は先生のことが好きだから嬉しかった。でも、先生はずっと、哀しそうな目をして俺に抱かれてました。何故俺とセックスしたの？」

自分では気づいていなかった。ただ、渇きを癒したくて、二階の男が欲しくてその代用に抱かれただけだ。洋介を見てはいなかった。欲望を満足させるためだけに洋介を利用した。急に罪深さを感じ、気が付くと涙が頬を伝っていた。

「余計なこと聞いてごめんなさい。でも、俺は嬉しかったから。ありがとうございました」

洋介はさっきまでとは違う、優しい目をしていた。でも、哀しみの色は消えていない。泣いている私の肩を抱いた後、静かに微笑《ほほえ》んで部屋から出て行った。

私は何故か大切な物を失ってしまったような気がしてしばらく呆然としていた。

翌日の深夜だった。ドアを誰かが叩いている。こんな時間に訪ねてくるような友人はいない。洋介かもしれないと一瞬思い、ドアに駆け寄った。

「開けろよ」

低めの男の声。どこかで聞いたことがある。だが、誰なのか思い出せない。

「ユミ、いるんだろ？」

はっとした。「ユミ」は二階の女の名前だ。この声はいつだったか階段から聞こえたユミの恋人のものだ。

おもわずドアを開けると男が抱きついてきた。酒の匂いがする。焦がれていた男が今、腕の中にいる。男は泥酔していた。おそらく、階段を上るのを忘れ、ユミの部屋の真下の私のところに来てしまったのだ。

「ユミ」

まだ部屋を間違っていることに気づいていない。胸が高鳴った。そっと部屋の電気を消し、男を中に運び込む。ベッドに寝かせると、ベルトを外し、ペニスを取り出した。夢にまで見た体。むしゃぶりつくと、男が声を上げる。そのまま喉の奥まで咥え込む。口に含んだまま、顔を上下に動かし、舌を使ってカリを撫でさする。萎《しな》びていた男根に勢い良く血液が注ぎ込まれ、固く勃起していくのがわかる。みるみるうちにいきりたち、反り返っている。

「ユミ、何か急にフェラチオが上達してない？」

答えずに続ける。唾液で濡らし、舌先で先端の切れ込みをくすぐる。

「我慢できない。挿れさせろよ」

男が服を脱ぐ。私も全裸になり、フェラチオを再開する。要求されて、彼の上に四つん這いになり、シックスナインの体勢をとる。ざらざらした舌が私の襞《ひだ》を掻き分け、膣に到達する。声を上げたくてたまらないが口は太い肉棒でふさがっている。今度はクリトリスが舌の標的となり、蹂躙《じゅうりん》されている。膣に差し込まれた二本の指が交互にGスポットを刺激し、あっけないほどの速さで絶頂に達した。それでも、男は愛撫を止めない。いったと思った瞬間次の波が押し寄せ、四つん這いのままでは体を支えていられなくなる。フェラチオどころではなくなっていた。獣が吼《ほ》えるような声がする。私自身の声だった。

気がつくとペニスが口を離れていた。

男は私をベッドに仰向けに寝かせた。乳房を優しく揉みながら、唇は首筋に吸い付いている。ただ、それだけで体が蕩《とろ》けてしまいそうになる。洋介とは比べ物にもならない。いつもこんな愛撫を受けているユミに嫉妬した。

「今日はすごく感じやすいみたいだね」

そう言いながら、男がいきなり蛍光灯の紐に手を伸ばした。止める間もなく部屋が光に包まれる。一番に目に入ったのは、男の驚いた顔だった。

「誰?」

背の高い切れ長な目をした男が呆然と私を見つめている。

「ユミじゃないよね。俺、どこにいるの?」

どうしていいかわからない。沈黙が続いた。男は私の乳房や陰毛、体中を舐めるように眺《なが》めている。

「まあ、いいか」

泥酔して判断力を失っているのか、すぐに私に覆い被さり、続きを始めた。反応を見ながら耳から足の指先まで満遍なく舐めまわしている。弱点を探《さぐ》っているようだ。一通り舐めた後、太股の内側の集中攻撃が始まった。指先でくすぐったり吸ったり、軽く噛んだり、私がしてもらいたいことを見透かしているように的確な愛撫をしている。それから、右の乳輪をまるごと口に含み、口内で舌を操《あやつ》って、乳首をつついている。右の乳首が弱いことにも気づいている。

脚の間の花弁からはとめどもなく蜜が溢れ、シーツを濡らしていく。そこにいきなりこれ以上ないという程、固くなった男が入り込んでくる。挿れられただけで気持ちいい。洋介とは違う、成熟した男の腕が私を包む。いつも聞いていた軋みのリズムが私の中で繰り返されている。これが私の欲していたものだった。一突きされる度に電流が走るような衝撃に襲われる。痛いほど乳首が勃起し、それをやさしく舐められる度に外にも響き渡るような悲鳴を上げてしまう。

「綺麗だし、胸もでかいし、こんなに感じやすいなんて最高じゃん」

男が嬉しそうに言いながら様々な体位を要求する。責めたてられ、息も絶え絶えになっている。もう、何をされたかすら覚えていない程の快楽に溺れていた。

「俺もいくよ」

私を四つん這いにし、乳房を摑み、後ろから怒張したペニスを突き立てる。汗ばんだ体と体がぶつかり合う音が部屋にこだましている。何十回となく押し寄せた絶頂が一段と大きくなって迫ってくる。

押し流されないようにシーツを握り締めた。

「凄い。締まり過ぎ」

男が叫んでいるのが遠くで聞こえた。次の瞬間、膣の奥でじわっと熱いものが広がった。襞が波打っているのがわかる。快楽に身を任せながら、何故か洋介の悲しそうな瞳を思い出していた。今、どくどくと子宮に白い粘液をかけているこの男はどんな目で私を見ているのだろう。

朝が来た。気を失うように眠りに引き込まれていた。男の声で目が覚めた。携帯に向かってしきりに昨晩の言い訳をしている。ユミかららしい。携帯をきった後、男が近付いてきた。

「ねえ、セフレにならない？　顔も体も気に入ったよ。俺、彼女いるけど捨ててもいいしさ」

私はずっとこの男の体が欲しかった。この男に欲情し、間に合わせで洋介とセックスし、傷つけた。それほどこの男が欲しかった。セックスフレンドになれば、いつでもこの男を貪《むさぼ》れる。憎悪していたユミを苦しめることもできる。切望していた夢が叶った。

しかし、昨夜の快楽から解き放たれた後、残ったのは虚《むな》しさだった。私の顔を覗き込む男も、前の晩の激しいセックスも何故か急に色褪《あ》せて見えた。私は何がしたかったのだろう。

「帰って」

男が不思議そうな顔をする。

「出て行って」

仕方なさそうに男は支度をして、部屋を出て行った。

また、洋介の顔が浮かんでくる。肩を抱いてくれた時の細い手のぬくもりがよみがえってくる。

「洋介……」

無性に会いたい。外へ出た。どこにいるかもわからない彼の姿を求めて、朝の街を走った。

危険なモデル

井出孃治

著者・井出嬢治《いでじょうじ》

一九六四年、兵庫県生まれ。コンピュータプログラマーや営業マンなど多くの職業を経て、九〇年からＳＭ雑誌、ＡＶ情報誌の編集に携わる。九四年にフリーとなって、格闘技記事を中心にコンピュータ雑誌や成人向け雑誌などで執筆。『秘戯うずき』に収録されたデビュー作『危険な占い師』が話題に。

1

パシュッ、ピピピピピピ……。パシュッ、ピピピピピピ……。パシュッ、ピピピピピ……。

ストロボが光り、バッテリーのチャージを知らせる電子音が響く。

全裸の女は、フラッシュが二回光るごとに艶《なまめ》かしく身を捩《よじ》らせてポーズを変えていった。

いかにも若い娘の部屋、という感じに明るく可愛らしく飾られたセットのベッド上で、女は自分の乳房を揉《も》みしだき、股間に指を這《は》わせて身悶《みもだ》える。

女がポーズを変えるたびに、白く豊満なバストも形を変化させ、短く刈り込まれて手入れの行き届いたアンダーヘアが見え隠れして視線を誘った。

「いいねぇ。麗華《れいか》ちゃん、きれいだよ!」

カメラマンの岩崎《いわさき》が女に声を掛ける。

「うん、すごくエッチだ。ソソるねぇ」

現場を仕切る山下《やました》も、満足げに頷《うなず》きながら女を誉《ほ》めた。

女は、男たちの声に触発されたかのように、唇を舐《な》め、挑発するような目付きでたわわな乳房を突き出し、カメラを見詰めた。

山下雄司《ゆうじ》は、アダルト月刊誌『P・ガールズ』の編集長だ。長と言っても部下には中谷《なかたに》俊也《としや》と坂口《さかぐち》翔太《しょうた》の二人しかいない。三人で毎月一冊の雑誌を作っている。

今日は、郊外のハウススタジオでの撮影なのだ。

佐々木《ささき》麗華は、無名ながらなかなかのタマだった。実際には二十三歳なのだが、十八、九にも見える童顔は、なぜ裸仕事を？と思えるほどの美形だった。普通にモデルやTVタレントとしても充分にやっていけそうなレベルだ。そして豊満かつ均整の取れたスタイルも並のギャルタレに負けない美しさだった。

もちろんギャラも無名モデルにしては少々高い。しかし、年明け一号目のグラビアなのだ、ここはドンと張り込んでも惜しくない。

「今度は後ろ向きでお尻の方から行こうか」

山下は指示を出し、岩崎に「頼むよ」と合図を送った。岩崎とは長い付き合いであり、撮影におけるある程度の裁量は任せてあった。

「翔太、飯は来てるか」

山下は振り向いて、後ろで雑用に走りまわっている翔太に尋ねた。

「はいっ、来てます！」

翔太はすでに、隣の部屋のテーブルに人数分の昼食と飲み物の用意を整えていた。

うなずいた山下が撮影の方に目を戻すと、麗華は、カメラに向かって丸く大きく張った形の良い尻を突き出して、いやらしくクネらせてポーズを作っていた。

「いいねぇ、綺麗《きれい》だ！」

岩崎が麗華に声を投げる。

シャッター音には魔力がある。

どんな女でも、自分を美しく見せ、その姿を永く残してくれる「写真」というものに、憧れがあるものだ。目眩《めくる》めくフラッシュの中、立て続けに切られるシャッターの音は、次第に女を陶酔させていく。まして自分の容姿に自信のある女はその度合いが大きい。

麗華も、眩《まばゆ》いフラッシュを浴びて次第に自分の世界に入っていった。興奮に目が潤《うる》み、肌が上気している。白い肌に赤みが差し、全身が薄っすらと汗ばんでいた。

山下は、岩崎の真後ろに移動した。写真のアングルを見るためだ。

麗華が豊満な尻をクネらすたびに、女のワレメがいやらしく捩れる。

「うわっ、そのポーズ、すっごいエッチだぁー！」

岩崎が感嘆の声を挙《あ》げた。麗華の興奮も明らかに昂《たか》まっている。表情がグッと色気を増し、それに連れてスタジオ内に幽《かす》かに女の淫《みだ》らな匂いが漂い始めた。

「ちょっと待って」

山下が岩崎を一度止めて、麗華のハリのある豊かな尻に薄くベビーオイルを塗り込んだ。肌につやを出すためだ。

麗華の尻のプリプリとした弾力を掌《てのひら》に感じながら、不自然にテカらない程度のオイルを擦《す》り込んでいく。すると、ワレメから溢《あふ》れ出た滴《しずく》がひとすじ内腿《うちもも》を伝うと同時に、濃密なメスの匂いが立ちのぼり、思わず勃起しかけた山下は慌《あわ》てて咳払いをしながら女から離れた。

「じゃあ、このシチュエーションであとワンカット撮ったら、飯にしようっ」

山下が全員に言った、その時だった。

「翔太、ジュース！」

気取ったポーズで髪を掻《か》き上げながら麗華が言った。

「よ、呼び捨てかよ……」

驚いた顔の翔太が、ボソリとつぶやいてテーブルからオレンジジュースを取り上げた。そして「はーい！」と大きな声で返事をして飲み物を麗華に手渡しに行った。

ありがとうも言わずにジュースを受け取った麗華は、ちょっと小首をかしげたあと、

「やっぱりお茶にする。口の中ベタベタしちゃうじゃん」

と言ってジュースを翔太に突き返した。

一瞬の間の後、「そうですね」と答えた翔太がお茶を取りにテーブルに戻った。

そのやり取りを見ていた山下は、口にこそ出さなかったが、内心では翔太を誉めていた。

撮影の間の編集者など、早い話が太鼓持ち《たいこ》なのだ。モデルを煽《おだ》て上げ、スタッフに気を配り、仕事が潤滑に進むように計らうのが仕事だ。特に、何を間違ってもモデルの機嫌を損《そこ》ねてはならない。モデルは撮影の主役であり、ヘソを曲げられると必要以上に時間が掛かってしまうし、何より写真の上がりが悪い。たとえ無名であっても、撮影が終わるまではモデルは女王様なのだ。しかも麗華は少々気難しいと事前に聞いていた。

よく、エロ本の編集者と聞くと「イイ仕事だねぇ」などとニヤニヤ笑いながら言う人がいるが、とんでもない話だ。イイばかりの仕事など、あるわけがない。

山下は、麗華がお茶を飲み終えたのを見て、「さあ、もうひと頑張り行こう！」と、全員に向けて声を掛けた。

メイクの辻雅美《つじまさみ》が素早く髪型を直し、山下がポーズを付けると、岩崎が「可愛いねぇ！」と声を掛けながらシャッターを切り始めた。

ハウススタジオは、各部屋ごとにシチュエーションを変えたセットが作り付けられていることが多い。

その部屋は如何《いか》にも応接間といった感じに作り付けられており、セットのテーブルには山下と麗華、彼女のマネージャー、岩崎、雅美の五人分、食事が並べられていた。

翔太は、隣の部屋で岩崎の撮影アシスタントと何やら談笑しながら食べている。

食事の時間も編集者は気を抜けない。明るく楽しく食事が出来るように話題を提供する。もっとも、岩崎や雅美はしょっちゅう一緒に仕事をする仲間でもあるから、その辺《あた》りは心得ていて、山下が黙っていても誰かしらが何かの話題を見つけて振ってくれる。

「彼氏いるんでしょ？」

雅美が麗華に訊《き》いた。

「うん、いるよ。でも最近逢《あ》ってない。向こう、家庭があるから」

「ああ……。不倫なんだ」

「そうそう」

麗華は、弁当を頬張りながら雅美の言葉にこともなげに頷いた。

「逢えないんだったら淋しいねぇ」

今度は岩崎が訊き役に回った。

「そんな時、どうするの？　メールとか出さないの？」

「うん、メールはするよ。メールとか電話とか一日に二十回くらい」

「二十回も!?　学生じゃないんだからさ。相手は仕事中かもしれないじゃない」

「ん？　気にしない。最近はね、夜中に電話してやるの」

麗華があっけらかんとした口調で言う。

「彼氏のところ？　でも家庭があるんだよね」

「うん、だから。アタシのこと放っといて自分は家族と一緒とか、腹立つからさ。だから夜中とか明け方に無言電話してやるの」

「ヤメなよぉ、それじゃストーカーじゃん」

雅美の言葉に麗華の表情が曇り、眉根に皺《しわ》が寄った。

山下はテーブルの下で雅美の脚《あし》を蹴飛《けと》ばして、慌てて会話に割って入った。

「でも、麗華ちゃんみたいなイイ女と付き合っといて、逢わないってのはないよなぁ。俺なら何をおいてでも麗華ちゃんが最優先だよ」

「うん、俺は間違いなくカミさんと別れるね」

岩崎も調子を合わせた。さらに山下が無理矢理のように話題を搾《しぼ》り出す。

「あ、そう言やあ、あと十日でクリスマスだねぇ」

「クリスマスねぇ……。ウチの彼氏はきっと子供と過ごすって言うんだろうなぁ……」

麗華が、溜息を吐《つ》き、持っていた箸《はし》を放り投げて、後ろに倒れ込むようにソファにもたれた。

岩崎と雅美が山下を見て肩を竦《すく》める。

「さ、さあ。飯食って一休みしたらもうひと頑張りだ！　麗華ちゃん、よろしくネ！」

山下は、笑顔を引き攣《つ》らせながら元気な声を挙げた。

2

出版業界には年に二度、目の回るほど忙しい時がある。夏のお盆進行と暮れの年末進行だ。

要するに印刷屋が長期の休みに入る時期だが、本の発売日は変わらない。すると業者が休みに入る前に原稿を入れなければならないのだ。つまり、十二月半ばの今は年末進行の真っ只中というワケだ。

麗華の撮影を終えた山下と翔太が編集部に戻ると、別口の取材に動いていた中谷俊也が、立て続けに何本もの電話を入れて明日の取材のアポを確認していた。時刻はもう八時前だ。

「お疲れー」

「あ、お疲れ様です。どうでした、撮影は」

「どうもこうもないよ。翔太に聞いてくれ」

さも面倒臭そうに答えた山下に、俊也が困惑した顔で翔太を見た。

「ええ、撮影はいちおう滞《とどこお》りなく進んだんですけどね。女がわがままで精神的にグッタリ疲れました」

「あ、そう。女の性格悪かったんだ？」

カラカラと笑う俊也に、山下が訊いた。

「そっちの取材はどうだった」

「ええ、こっちはバッチリですよ」

「人が足りないんで大変だと思うが、この十日ほどを乗りきったらあとは落ち着けるから、しばらく頑張ってくれ」

山下はそう言いながら上着を着込み、カバンを取り上げた。

「ええ、分かってますってば。今日はもうお帰りですか」

「ああ、今日はもうグッタリだ。明日も撮影だしな。翔太、悪いが準備よろしく」

「了解です」

「じゃ、お先！」

山下は、会社を出るとまっすぐ吉村淑子《よしむらとしこ》のアパートに向かった。

淑子は二十二歳の大学四年生であり、山下とはちょうど十歳違うことになる。取り立てて美人というワケではないが、どこか心を和《なご》ませる可愛らしい顔と、おっとりした性格が魅力だった。淑子の友人が、山下の勤める出版社の総務部にアルバイトに来ていたのがきっかけで、その友人を介して知り合ったのだ。

付き合い始めてもう一年半になるが、仕事がハードだった日は真っ直《す》ぐ淑子のアパートに行くのが山下の癖《くせ》になっている。おっとりした性格の淑子といると、仕事で溜まったストレスが癒《いや》された。

「なんだか、疲れてますねぇ～」

淑子はそう言って、山下の肩を揉み始めた。

淡いピンクのスウェットに、ベージュのコーデュロイのロングスカートといった格好の淑子は、適度にポチャッとした体型も手伝って、まだ高校生と言っても通るほどに幼く見える。

「おいおい、年寄り扱いするんじゃない。肩なんか揉まなくていいさ。それより腹《はら》減ったな……」

「ん、お腹《なか》減った？　じゃあ、ちょっと待ってて」

淑子はそう言って台所に立った。このママゴトのようなやり取りも、ほのぼのとしていて山下は気に入っている。

彼女が有り合わせの材料で手早く作った料理でビールを飲み、夕飯を食べた。淑子はビールにだけ付き合った。

「来る日は電話してくれれば、何か用意しとくのに」

「いや、いいんだ。お前が作ってくれたら、なんだって美味《うま》いよ」

食べ終わると煙草《たばこ》に火を点《つ》けたくなるが、それだけは「部屋が煙草臭くなる」と、どうしても淑子は許してくれない。

ぼうっとテレビを見ていると、洗い物を済ませた淑子が、今度は浴室から山下に訊いた。

「雄司さん、お風呂入るでしょ」

「お前は入ったの？」

「ううん、まだ」

「俺もあとでいいよ。とりあえず、ちょっとこっちに来て落ち着けよ」

淑子が「ふぅー」と息を吐きながら、山下が指し示した隣に腰を下ろした。

山下がすかさずその肩を抱き寄せると、淑子はふわっと柔らかく彼にもたれ掛かってきた。山下は、その身体を受けとめて髪に顔を埋めると、シャンプーの甘い香りが鼻をくすぐった。

「だめぇ、まだお風呂入ってないから」

「いいよ、そんなの」

唇を寄せると、スッと目を閉じた淑子は、言葉とは裏腹に山下の首に腕を回して引き寄せるように抱きついてきた。

キスの時、チロチロと細かく忙《せわ》しなく舌先を動かすのが淑子の癖だ。山下はそんな彼女の舌を大きく吸い上げ、包み込むようにねっとりと舌を絡《から》めていく。

「ん、んん……ン」

淑子が声を洩《も》らし、さらに強くしがみついて来た。

彼女はすでにノーブラだった。唇を重ねたまま、スウェットの上から柔らかいオッパイを揉みしだくと、イヤイヤをするように首を振ってキスを逃《のが》れ、「あハぁ……」と深い吐息を洩らす。

山下は、スウェットの中に手を滑り込ませ、固くしこり始めた乳首を指先で転がした。

「んんン……」

淑子が甘い声で喘《あえ》ぎながら、山下の内腿に手を這わせ、何かを探すように弄《いじ》ってくる。手が大きく膨《ふく》らんだ股間に行き着くと、彼女の手は愛《いと》しそうに何度も何度もその膨らみを撫《な》で上げた。

山下は、彼女のスウェットを捲《まく》り上げる。

少しポッチャリとした体型の淑子は、乳房も豊満でハリがありつつも柔らかい。キメの細かい肌は薄っすらと湿り気を帯び、掌にすぅっと吸い付いてくるようだ。

淑子本人はいつも、「私、太りすぎてる。もう少し痩《や》せたい」などと言うのだが、山下はまったくそう思わない。むしろ、山下としては、瘦せぎすな女よりはポッチャリと肉感的なほうが好みだった。

山下は、それまで抱きかかえていた彼女を絨毯《じゅうたん》に横たわらせ、上から乳房に顔を埋めた。

ふわっと甘い体臭がかすかに香る。

たわわな乳房のたっぷりとした量感と、柔らかいながらも確かな弾力を掌で楽しみながら、ミルクキャラメル色の乳首を口に含み、舌先で舐《な》め転がしていく。

淑子が、心地《ここち》良さそうに身悶えながら優しく山下の頭を抱いて、ゆっくりと髪を撫で回した。

山下は、右から左、左から右、と両の乳房を交互に舐め、揉みしだき、時折ツンと勃起した乳首を甘嚙みしてやる。

「あっ、ああン……」

乳首にそっと歯を当てるたびに、淑子は小さく呻《うめ》いて身を捩った。

ふたたび唇を重ねながら、山下は今度はロングスカートの裾を捲り上げる。

滑らかに伸びた長いスネにゆっくりと手を這わせ、膝から上は指先だけで掃《は》くようにして内腿を撫で上げていく。

淑子は脚をモジモジさせた。

「うふっ、くすぐったい」

「スカート、脱いじゃえよ」

山下は、そう言いながらウエストのホックを外し、ファスナーを下ろしにかかる。

「先にお風呂入りたいなぁ」

「お風呂はあと！」

これは、いつも繰り返される会話だった。

山下は、セックスの前に淑子がシャワーを浴びるのを好まなかった。淑子はもともと体臭が薄い。そこにシャワーを浴びるとただ石鹸やシャンプーの香りだけになってしまうのだ。

山下は、匂いは重要な興奮剤の一つだと考えている。あまり体臭がキツイのも勘弁だが、ふんわりと匂うくらいの体臭は彼のヤル気をいっそう掻き立てる。

スカートを脱がせた淑子を、横抱きに抱え上げてベッドに移動する。

スウェットも剝《は》ぎ取り、彼女をショーツ一枚にしてから、山下は手早く衣服を脱ぎ捨てた。

彼女の隣に横たわり、毛布を引き上げるとピッタリと抱き付いて来た。

「あったかい」

甘えた声でそう言う彼女を抱きしめながら、手は尻から太腿、そして股間を弄っていく。

「あン、ああ……」

淑子が切なそうな声を挙げた。

ショーツの中に手を滑り込ませると、薄い茂みの奥はもう充分に潤っていた。クレバスに指を這わせ、中指でラビアを割る。そっと手前に撫で上げると、小さく勃起したクリトリスが指先に触れた。

「あぅっ」

淑子が身体をピクリと震わせて反応する。

山下は淑子の身体に舌を這わせながら、毛布の中に潜《もぐ》り込んだ。

淑子の股間にうずくまり、淡いピンクのショーツに手を掛けて一気に引き摺《ず》り下ろすと、茂みが露わになる。

淑子の陰毛は縮れが少なく、毛の質も細く柔らかいモノだった。だから、量的には決して少ないわけではないのだが、見た目には薄く疎《まば》らな印象がある。

鼻を埋めると、淑子の女の匂いが山下を包んだ。膝を立てさせ、鼻と舌を花芯へと進めていく。潮の香りのような淑子の匂いを胸一杯吸いこむと、不思議と穏《おだ》やかな気分になった。

舌先を固く尖《とが》らせて、ワレメを舐め上げた。

「あふっ、んん……。気持ちいい」

淑子が熱い吐息とともに、掠《かす》れた声で快感を口にした。

しばらくは、焦《じ》らすようにクレバスを軽くさまよっていた山下の舌が、淑子の声を聞いてしっかりとクリトリスを捉《とら》えた。

小さく尖った肉芽を、舌先でレロレロとリズミカルに嬲《なぶ》る。

「ああっ、そこ……。すごく気持ちいいの」

「もっと舐めて欲しい？」

「うん、もっと。もっと舐めて」

山下には、淑子を開発したのは自分だ、という自負がある。付き合い始めたころは、恥ずかしがってセックス中の快感などもなかなか口にしなかった淑子だったが、山下はこの一年あまりで彼女を変えていったのだ。

山下は身体の位置を入れ替えてシックスティナインの形をとった。

すかさず淑子が山下の股間に手を伸ばして、トランクスを押し下げる。硬く勃起した肉棍が、縛《いまし》めを解《と》き放たれてピーンと弾《はじ》け出た。

「あン、すごい……」

淑子は嬉《うれ》しそうに言って、すぐにいきり立った肉棍に唇を寄せた。

よく動く舌先で先端をチロチロと舐めまわし、カプリと頬張ってはねっとりと裏筋に舌を這わせる。これもすべて山下が教え込んだことだ。大きく首を振り、手で棹《さお》をしごきながら、チュパチュパと音を立てて淑子は肉棒を味わっていた。

山下はしゃぶらせながら、自分でも淑子を啜《すす》った。薄く小さなラビアに縁《ふち》取られた彼女の秘芯は、しっとりと露に濡れ、ヒクヒクと蠢《うごめ》いて山下を誘っていた。白く柔らかな肉色と奥の桜色の肉襞《にくひだ》の色合いが美しい。

充分に淑子の秘肉を堪能すると、山下はふたたび身体を入れ替えて向き直った。

淑子は、目を潤ませ、彼の侵入を待っていた。

「雄司さん、お願い。もう入れて」

「まだだ」

山下はそう言って、彼女の秘花に手を伸ばし、指先でクリトリスを弄《もてあそ》び始めた。

「あっ、ダメぇ……」

淑子が、うわずった声でそう言いながら、大きく身体を反らして身悶える。

「ん？　ダメなのかい。なら止《や》めちゃうよ」

「いや、止めないで。止めないで！」

淑子の敏感な反応に満足しながら、さらに激しく指を動かしていく。蜜壺はトロトロに濡れそぼり、指をあてがうとクチュクチュといやらしい音が響いた。

山下の指の動きに比例して、淑子の息が荒く激しくなる。山下は、さらに力強く、速《はや》く、クリトリスを擦ってやる。

彼女がしがみついて来る手にも一段と力がこもった。

「あ、だめっ。イクっ、イクぅ！」

淑子が身体をピーンと硬直させた。

すかさず蜜壺に指を沈めると、クイックイッという律動とともに、ジュワジュワと熱い露が溢れ出してくるのが感じられた。

「さあ、淑子。これからだぞ」

「あぁん、早くおチンチンちょうだいっ！」

硬直を解いた淑子が、潤んだ目で山下を見詰めながら、期待で身を震わせた。

山下は、ゆっくりと淑子に入っていった。

「ンンっ、すごい！　欲しかったの！」

淑子が歓喜の声を挙げた。山下の身体に脚を絡めて、より深く彼を受け入れようとする。

すでに一度登り詰めているせいで、彼女は首筋から胸元にかけて上気し、朱を注《さ》したように紅潮している。薄っすらと汗も噴《ふ》き出していた。

抽送を始めると、早くもシーツを掴《つか》み締めて、うわ言のように「気持ちいい、気持ちいいっ」と繰り返す。

山下は、そんな淑子を心から愛しく思いつつ、いっそう激しく腰を打ち込んでいった。

3

年末進行の撮影、取材ラッシュもひと段落つき、戦争のような入稿作業を済ませ、社内の大掃除も終えて、年末の編集部は静かに落ち着いていた。

本来なら一昨日には仕事納めだったのだが、何ぶんにも少ない人数で手掛けているため遣《や》り残したことがいくつかあり、それを年内に片付けるべく出社したのだった。

山下が時計に目をやると、もう午後七時だ。

大きく伸びをし、それぞれのデスクで何かしらの作業をしている俊也と翔太に声を掛けた。

「さあ、そろそろ店仕舞いにするか」

「あ、俺たちのことは気にしないで下さい。彼女が待ってるんでしょう」

「俺たちは一人者同士で呑《の》みに行くんです」

俊也と翔太も大きく伸びをしながら応《こた》えた。

「そうか。じゃあ、俺は帰らせてもらうよ。二人とも良いお年を」

「良いお年を！」

二人の声に送られて、山下は編集部を後にした。会社を出ると、しばらく考えて食事は家で摂《と》ることにし、真っ直ぐ帰路につく。

今日は、淑子が大阪の実家から帰ってくる日だった。クリスマスを彼と一緒に過ごした淑子は、年末年始は帰省ラッシュで車が混むという理由で、翌日の二十六日から三十日まで、世間よりひと足早い帰省をしていた。

ところが、先ほど淑子から「昼ごろに大阪を発《た》つ予定が、なんだかんだしているうちに夕方になってしまい、明け方に東京に着く」と、連絡があったのだ。

彼女の実家はかなりの資産家らしく、淑子は、父親からの誕生日プレゼントに貰《もら》った車で片道十時間近くかけて大阪まで帰っていった。山下としては新幹線で帰省したほうが絶対に楽だと思うのだが……。

淑子からの電話があったのが、ほぼ一時間前。おそらく、彼女が帰京するのは、明け方の四時ごろになるだろう。五日ぶりの明日は、もちろん山下の部屋にお泊まりだ。

夕食を終えた山下は、三合ほど呑んだ日本酒の酔いも手伝って、コタツに潜り込んでいい気分で転寝《うたたね》をしていた。

電話が鳴ったのはまさに寝入り端《ばな》、ウトウトと気持ち良く眠りに入りかけた時だった。携帯電話の着信音が心地良い眠りを破った。

「もしもし、山下ですが」

寝ボケ半分で携帯を取り、面倒臭そうな声で応える。

「アタシです」

受話器から女の泣き声が聞こえてきた。だが、明らかに淑子の声ではない。

「どちらにお掛けですか」

「山下さんでしょ。アタシこれから死にます」

啜り泣く女の、これから死ぬなどという物騒な言葉に少々驚いたが、それでも寝ぼけた頭には相手が誰だかまったく分からない。時計に目をやると深夜零時半を回っていた。

「はあっ？　いや確かに山下だけど。君、誰」

「佐々木です」

山下は、頭を振りながら、佐々木という名前の女の心当たりを探したが、やはり分からない。しかし、向こうは確かに山下を知っているようだった。女の啜り泣きが激しくなってくる。

「ゴメンね、どちらの佐々木さんかな？」

「今、手首を切ったの」

「君、どうしてこの電話番号知ってるの」

「名刺くれたじゃないですか。家が近所だねって。こないだの撮影の時」

この前の撮影……、家が近所……、佐々木……。徐々に山下の目が覚め、ジグソーパズルのピースが繋《つな》がった。

「ひょっとして麗華ちゃん？　佐々木麗華ちゃんだね。どうしたの」

「アタシ、もう死ぬの。手首から血が出てる」

「おいおい、ちょっと待てよ！　まさかホントに手首を切ったのか？」

「うん、そう」

「マジかよ……。すぐに行くから。麗華ちゃん、住所はどこだっけ？」

山下は慌てて女から住所を聞き出した。そこは、彼の家からバイクで五分ほどの場所だった。あとは行ってみて地図と番地を見ながら探すしかない。

山下はヘルメットを引っ掴み、地図と救急道具を入れたデイパックを背負うと、家を飛び出した。

4

十五分後、なんとか麗華のアパートを探し当てた山下は、寒さに震えながら呼び鈴《りん》を鳴らした。

「はい……」

バスローブを羽織り、目を泣き腫《は》らした麗華がドアを開けると、彼は玄関を入り、勢い込んで尋ねた。

「麗華ちゃん、手首は？」

「ホントに来てくれたんだぁ」

目をやると、確かに左の手首に切り傷があった。が、しかしそれは誤ってカッターで切った程度の、浅く小さなモノだった。

山下は、ガックリと拍子抜けしながら部屋に上がった。部屋は心地良く暖かかった。

「泣きながら死ぬなんて言うからビックリするじゃないか」

「でも、本当に死ぬ気だったんだよ。アイツのせいでさ」

「アイツって誰」

「ウチの彼氏。大喧嘩したの」

山下は、グッタリとその場に座り込んだ。

(俺にナンの関係もないじゃないか！　そんな電話は彼氏の家に掛けろよ……)

山下が腹立たしい思いで麗華を睨《にら》んだその時だった。麗華はあっという間に素っ裸になって美事な肢体を見せ付け、体当たりするかのような勢いで彼に抱き付いて来た。

山下はクッションの上に倒れ込んだ。同時に麗華が上にのしかかって来る。

「ちょ、ちょっと、待ってくれよ。どうしたんだ」

「あんな男とはもう別れるの。だから、山下さんがその踏ん切りをつけさせて」

慌てて押し返そうとする山下にしがみつき、麗華が唇を重ねてきた。

「麗華ちゃん、まあちょっと落ち着いて……」

「お願い、アタシを抱いて！」

麗華は思いがけず強い力で彼に縋《すが》り付きながら、強引に唇を重ね舌を割り入れてきた。

そうなると男は情けないものである。性格に難があるとは言え、麗華ほどの美人かつナイスバディに押し倒されては、意思に反してムクムクと息子が屹立《きつりつ》してくるのを、抑えることが出来ない。

「いや、ちょっと待ってよ」

そう言いつつも、裸の麗華ともみ合ううちに山下は完全に勃起していた。

麗華が、それを見透かしたように大きく膨らんだ股間に手を伸ばしてきた。ファスナーを押し下げ、そこから手を入れてくる。

「まいったな……」

「ほら、もうこんなになってる」

そう言うが早いか、麗華は素早く動いて股間に顔を寄せ、肉棍を引っ張り出して口に頬張った。

唇でキュッと絞め付け、ねっとりと舌を絡ませながら、大きくゆっくりと、そして時に力強く速く首を振って責め立ててくる麗華のフェラは絶品だった。

「山下さんのおチンチン、大きくて素敵」

麗華は、めいっぱい怒張した肉棍に頬擦《ほおず》りし、ゆっくりと撫で上げ、ふたたび咥《くわ》え込む。

巧みなフェラが、えも言われぬ快感で山下を痺《しび》れさせた。

もう、こうなったら山下も覚悟を決める他なかった。

「じゃあ、麗華。君のもこっちへ……」

そう言うと、麗華は肉棍を頬張ったまま、逆向きに彼の顔に跨《また》がるようにしてシックスティナインの形を取った。

山下の目の前に、麗華の丸く張った美しい尻と、その奥に息づく秘花が突き付けられ、若いチーズの香りにも似た濃厚な女の匂いが山下の顔を包んだ。半月ほど前に撮影で目にはしていたが、あらためて間近で見ると、麗華の陰部はその性格に似てアグレッシブな印象だ。

ココアブラウンの大き目の花弁に縁取られた秘壺は、ヒクヒクと蠢いてはトロリと香《かぐわ》しい蜜を吐き出して山下を誘惑する。小振りでおとなしい作りの淑子のそれに比《くら》べると、麗華の秘花は、まさに食虫植物を思わせた。

クレバスの上部には、よく発達したやはり大き目のクリトリスがツヤツヤと輝いて勃起している。山下は、舌を伸ばしてそれを舐め上げた。

「あうっ」

麗華がピクンと身体を跳《は》ねさせた。

山下は、舌先で淫蜜をたっぷりと掬《すく》い取ってクリトリスに塗《まぶ》し、顔ごと動かすように強く激しく舌先を押し付けて愛撫していく。

「あひっ、すごい！」

麗華は奇声を発して仰《の》け反《ぞ》り、自ら股間を山下の顔に押し付けた。もちろん、その間も手は肉棍を激しく擦りシゴいている。

「クリスマスだってこっちは我慢したんだよ。なのに、アイツったら子供がどうの、奥さんがどうの、仕事がどうのって、全然逢いに来ないんだから！」

麗華は、快感に身悶えながら、自分に逢いに来ない男に対する恨みを口にした。そうすることによって怒りを掻き立て、その怒りを興奮に変えて激しく山下にぶつけている。

山下は、麗華の愚痴《ぐち》を聞き流し、舌先を固く尖らせて蜜壺にねじ込んだ。

「気持ちいい！　アタシ、なんだか今日はすっごく感じちゃう」

麗華が、秘芯を山下の口に押し付けたまま、艶かしく腰を揺さぶった。

「じゃあ、こんなのはどうだ」

今度は、素早く舌を動かしてクリトリスを刺激しながら、蜜壺に指を沈めた。

「ああっ！　すごいぃぃぃ！」

女が一段と大きな声で叫び、快感に身を震わせる。山下は、そのまま指を曲げてＧスポットを激しく擦りたててやった。

「いや！　だめぇっ、イッちゃうぅぅぅ！」

奥からコンコンと湧き出してくる愛液で秘芯は溢れかえり、指を動かすたびにグチュグチュといやらしい音を立てる。山下の手と顔はもうベトベトだった。

「ああっ、イイっ、イイ！」

麗華は、あられもない嬌声を挙げながら、山下の顔の上で腰を振り、貪欲に快感を貪《むさぼ》っている。もうフェラチオどころではないらしく、男の身体の上に突っ伏し、あるいは背を反らせ、腰をくねらせながら喜悦の波に乗り、手だけは激しく肉棍を擦りシゴいていた。

そして、山下が「そろそろ舌も疲れてきたなぁ」と思うところ、突然大きく仰け反ってビクンと震えた彼女の身体が硬直した。

「イクっぅぅー！」

麗華の蜜壺が、指をキツく食い締めた。

しばらく動きを止めた彼女が、山下の上に突っ伏した。

しかし山下は休む間を与えず、麗華の下から這い出るとすぐに組み敷いた。脚を大きく開かせ、肉棍を花芯にあてがう。

我に返った麗華は、手を差し伸べて「来てっ、来てっ」と催促する。

山下は、いきなり力強く根元まで肉棍を打ち込み、同時に仰向《あおむ》けに寝転んでも形を崩さないほどハリのある美乳をキツく摑み締めた。

「あぐぅっ！」

麗華が奇声を挙げて再び硬直した。イッた直後の敏感な身体が、勢いよく突き込まれた肉棒によって再度絶頂に押し上げられたのだ。

秘芯は痛いほど肉棍を締め付け、ドクン、ドクンと鼓動のように蠢いていた。

麗華は全身から汗を噴き出し、息を詰めてプルプルと震えている。

山下は、麗華の反応を見ながら、彼女が大きく息を吐き出して硬直を解くと、すぐに抽送を始めた。

麗華の身体もすぐに反応してくる。

蜜壺の内でも、山下のモノをピタリと圧《お》し包んだ肉壁がギュギュギュ……と蠕動《ぜんどう》を始めた。それはまるで牛の乳でも搾《しぼ》るように、山下のペニスから精液を搾り取ろうとするかのようだ。

彼女の反応の良さは、山下の気分も昂揚させた。もちろん愛があるわけではなく、ただ快楽を求めるセックスということにかけては、麗華は申し分ない肉体の持ち主だった。山下の愛撫一つ、腰の突き一つに、予想以上、期待以上のリアクションが返ってくる。

山下は、腰の動きを大きくしていった。

「いやっ、ダメっ。凄《すご》すぎる。ヘンになっちゃうぅ」

「まだまだコレからだよ。してくれって言ったのは麗華だろ」

山下は、そう言いながら麗華の長い脚を肩まで抱え上げ、リズミカルに腰を使っていく。

「ダメぇ、この格好は奥の奥まで届いちゃう」

「奥まで届いちゃダメなのかい？」

「気持ち良すぎるの！　またイッちゃうよぉっ」

山下は、激しく速く、あるいは大きくゆっくり、とリズムを変えながら、屹立した肉棒で秘芯の奥を抉《えぐ》っていく。

ヌチャヌチャといやらしい音が結合部から響き、麝香《じゃこう》のような濃密なメスの香りが立ち上ってくる。麗華は興奮すればするほど女の香りを強く発するタイプのようだった。

山下の男根が滑り込むと、花芯の周《まわ》りから熱い愛液が溢れ出す。締りが良い上に、異常なまでに良く濡れるオ〇ンコだ。触ってみると、漏れ滴った愛液がアヌスの方まで伝い、菊門までがヌルヌルになっている。

ちょっとした悪戯心《いたずらごころ》が湧いた。

（どうせ今日一夜限り、後は付き合うつもりのない女なのだ、少々嫌われたところでかまいはしない。ふだん、淑子に出来ないことをしてみよう）そう思った山下は、麗華のアヌスに右手の中指をあてがい、一気に奥まで刺し貫《つらぬ》いた。

「あひっ、ひぃぃぃぃぃっ！」

麗華は、声にならない悲鳴にも似た声を挙げ、物凄い力で山下を引き寄せて彼にしがみついて来る。

顔を覗《のぞ》き込むと、彼女は固く目を瞑《つむ》って美形を歪《ゆが》め、耐えるような表情を見せていた。

（さすがに後ろはマズかったかな）山下がそう思った矢先だった。

「気持ちイイぃぃぃーーーっ！」

麗華が爆発したように叫んだ。

「気持ちイイのかよ……」

「凄いのっ。こんなに気持ちイイの初めて！」

麗華の言葉に気をよくした山下は、右手をアヌスに沈めたまま、さらに左手の指を彼女の勃起した肉芽にあてがった。

「いやぁぁぁぁっ！ダメっ、おかしくなっちゃう。ヘンになっちゃうよぉぉっ」

麗華は、山下にしがみつきイヤイヤをするように首を左右に振り立てながら、背中に爪を立てて泣き叫んだ。

山下は両の手で前と後ろを責めながら、さらに強く激しく、淫蜜を滴らせる花芯を突きまくった。

蜜壺がまた、肉棍をさらに咥えこもうと蠕動を始め、彼女の絶頂が近いことを知らせる。

山下自身もそろそろ限界が近づいていた。

「麗華、俺もイキそうだ。一緒にイこう」

「イヤ！　ダメ、貴方はまだイッちゃだめ！」

「どうして⁉」

「もっともっといっぱいアタシをイカせて！」

（どこまでもわがままな女だ……）山下はそう思うが、膨れ上がった快感でそんなことはどうでもよくなってくる。ダメと言われようが何と言われようが、抑《おさ》えの利《き》かない状態まで来ていた。

山下は、ラストスパート！　とばかりに、一段と激しく肉棍を打ち込みながら、ゆさゆさと上下に揺れる形の良い乳房をギュッと摑み締めた。

「またイッちゃううぅぅー！」

「俺もだ！」

二人は同時に絶頂を迎え、麗華が山下の二の腕を摑み締めた。山下はそれを振りほどいてイチモツを引き抜き、麗華の腹に大量の精を撒《ま》き散らした。

麗華の性格を考えると、何を間違っても中でイクような危険は冒せない。後が怖《こわ》すぎる。

彼女の、平たく引き締まった滑らかな腹の上にたっぷりと放出すると、山下はそのまま麗華の上に崩れ落ちた。

しばらくの間、グッタリと倒れ込んで口も利けなかった二人は、荒い息を整えるとようやくのそのそと動き出し、山下が煙草に火を点《つ》けた。

「アタシにもちょうだい」

麗華が、山下の吸っている煙草に手を伸ばす。煙草を麗華にやった山下は、もう一本取り出してライターの火を移した。

たっぷりと時間を掛けて煙草を吸い終え、山下が身繕《みづくろ》いを始めると、それを見ていた麗華が言った。

「ウソでしょ？　まだ帰さないわよ。今日はたっぷり楽しませてもらっちゃうんだから」

山下が、それこそ「嘘だろ……」という顔で、まじまじと麗華を見た。

「だって、山下さん撮影の時言ったわよね。私とだったら、何をさておいても私を最優先してくれるって」

山下が麗華から解放されたのは、午前三時半を回ったころだった。たっぷり二時間半にわたって山下から搾り取り、ヤルだけヤッて、イクだけイッた麗華は、満足した後「疲れたから寝る」と言って、さっさと背を向けて寝てしまったのだ。

大晦日の冷たい風が、身体に粘《ねば》り付くような麗華のメスの匂いを洗い流してくれるようだ。マフラーをしっかりと首に巻き付け、ヘルメットを被《かぶ》った山下は、バイクに跨って大きな溜息を一つ吐いた。

これから、淑子が五日ぶりに大阪から帰ってくるのだ。

「きっと淑子もするって言うんだろうなぁ」

そう一人ごちた山下は、（こりゃコンビニに寄ってユンケル五本は必要だな）と苦笑しながらエンジンを掛けた。

泊まっていってください

内藤みか

著者・内藤《ないとう》みか

一九七一年生まれ。女子大在学中に、恋人にふられた腹いせで書いた官能小説でデビュー。以後、女性心理をメインに据え多くの小説誌に発表、熱烈な読者の支持を得る。主な著書に『卒業―君といつまでも』『秘典たわむれ』（アンソロジー／祥伝社文庫）など多数。

1

駅前型託児所『賢考《けんこう》チャイルドケア』では、今月から夜番の男性バイトを雇《やと》うこととなった。最近は子どもの誘拐など物騒な事件も多いので、警備面を考えてのことである。近くの保育専門学校に求人を出したところ、すぐに数人の応募があった。そして園長の丘野《おかの》亮介《りょうすけ》自身が面接をして採用したのが、狭山慎吾《さやましんご》だった。

彼はサッカーをしており、筋肉質の頑丈そうな身体を持っていたことが決め手となった。保父の仕事はかなり疲れるので、体力のある男を雇いたかったのである。

とはいえ、慎吾は二十歳《はたち》で、茶髪をサッカー選手風に軽く逆立《さかだ》て、耳にピアスをし、首からはシルバーアクセサリを下げているような、今時の格好をした男である。

(さて、こんな見かけだが、使いものになるかどうか……)

どんな風に子どもと接するのか、亮介は期待と不安の半分半分で、日焼けした慎吾の横顔を、眺《なが》めた。

2

午後六時前後は、園のお迎えラッシュだ。会社から戻ったばかりのスーツ姿の母親が、次から次へと子ども達を引き取りに現れる。

母親達は、いつも忙しいらしく、子供を追い立てるように園を出ていく。だが、慎吾がバイトで入ったその日から、彼女らの表情が一変した。疲れを見せず、きりりとした表情で「ありがとうございました」と子どもを引き取りに来る。

もちろん慎吾自身は、母親達のそんな変化など、わかりはしなかった。だが、以前からいる保母の龍木杏奈《たつきあんな》から、

「もう、すっごい変わりよう～」

と苦笑混じりにその話を聞いた。

「前は口紅落ちたままで駆け込んできてたのに。みんな駅のトイレで化粧直ししてから来るのかな？」

目つきだって、全然私に向けるものとは違うのよ、と彼女はおかしそうに言ってくる。

「なんか上目遣《うわめづか》いで男を誘っているようにも見えるし……。慎吾先生のこと、きっと、みんな好きなのよ」

「考えすぎですよ」

慎吾は苦笑いした。

園のバイトを始めて、そろそろ二週間が経《た》つ。子どもの顔や性格を覚えるだけで精一杯で、母親のことまではさすがに気が回らない。彼女らの様子がいつもと違うからといって、慎吾には気にするほどの余裕すらない。何しろ毎日毎日、後ろからキックされたり、前から抱きつかれたり、右で泣いたり左でケンカしたりと、三十名の園児達が大騒ぎを繰り広げているのだ。子どもらの欲求を処理するだけで手一杯で、母親達の状態がどうであろうと、正直言ってどうだってよかったのである。

「お母さん達に迫られたり、してない？」

その三日後、閉園後の午後十時過ぎに手早く片付けをしながら、また杏奈が悪戯《いたずら》っぽい目で慎吾に問いかけてきた。

園には同じ夜番の彼女と慎吾の二人きりだ。バイト生である慎吾は、必ずベテラン保母と二人体制でのシフトを入れられていた。ウワサ好きの彼女は、時々こんな際《きわ》どい話題を投げかけてくる。

「そんなことされるわけ、ないじゃないですか。向こうは子連れですよ」

慎吾は思わず笑い出した。

確かに時々、注目されているな、と感じることはある。だがそれは自分が男の保育士見習いだから、物珍しさだけだろうと考えていた。

「でもほら、実際いつまでも帰らないお母さんが増えちゃったのよ。ドアの貼り紙見たでしょう？」

確かに母親同士で立ち話をしたりしていて、なかなか園を去ろうとはしない。それは以前からの習慣なのかと思っていたが、慎吾が入ってきて急に、なのだという。

園にとっては邪魔なだけなので、

『出入口付近で立ち止まらないでください』

と急遽《きゅうきょ》貼り紙を出したのだという。

「絶対あれ、慎吾先生と仲良くなるチャンスを狙《ねら》ってるんですよ。話しかけられたりしません？」

「いや、特に……」

視線は感じるが「先生さようなら」くらいしか声をかけてはもらっていない。母親同士で牽制《けんせい》しあっているのよ、と杏奈はそう言い切った。

「ひとりだけ仲良くなったら目立つし、イヤミ言われたり噂《うわさ》になるのも恐いから。みんな指をくわえて見ているだけ、なのよね」

そして離れて見ている母親達の目の前で、これみよがしにと慎吾にすり寄っているのが、この杏奈だった。

「慎吾センセ、紙おむつがしまってあるところを教えるのでちょっと来てくださーい」

「慎吾センセ、壁の飾りつけを手伝ってもらえますぅ？」

などと、話しかけては、母親達の目の前で、楽しげに業務連絡をしている。母親達の恨《うら》めしげな目線に明らかに杏奈は気がついているはずなのに、彼女らに話題を振ってあげたりなどは、決してしない。普段は普通に会話を交《か》わしている仲なのに、こういう時は、ひどく距離があるように慎吾には見えた。

しかし杏奈には保母の立場として、言い分があるようだった。

「だって……お母さん達は結婚してだんなさんもいるんだもの。慎吾先生と何かあったりしたら、それこそ不倫だし、大問題でしょ。だからあんまり親しくしたら……ダメ」

最後のダメ、と同時に、慎吾の首に杏奈が抱きついてきた。そしてふっくらとした若々しい唇を差し出してくる。

「あ、杏奈先生!?」

慎吾の声は、彼女のキスで塞《ふさ》がれてしまった。柔らかく温かい肉が、強く押しつけられた。

「な、なにを……」

「私は、いいの」

杏奈は少し紅潮した頬《ほお》で呟《つぶや》いた。

「私は独身だし。彼氏イナイ歴一年だし。こういうことをしても、許されるでしょ。そりゃ慎吾先生がイヤだっていうんならすぐ諦《あきら》めるけど」

「イヤってわけじゃないですけど、でもこんな、急に」

杏奈はぽっちゃりしていて、触《さわ》り心地《ごこち》がよさそうだなとは思っていた。何かと親切にしてくれるし嫌いなわけではない。だがこんなに突然迫られたら対応に戸惑《とまど》ってしまう。

杏奈は慎吾の前にしゃがみ込み、デニムパンツのジッパーを下げた。そして中から半勃起状態の肉茎を引き出してくる。

「ちょっと待ってくださいよ」

うろたえる慎吾の腰に抱きつき、杏奈は厚みのある唇をいっぱいに開けて、ペニスにむしゃぶりついてきた。

ぬっぷりとした温かみに包まれ、慎吾は低く呻《うめ》いた。

「どうしちゃったんですか、こんな……」

問いには答えず、杏奈は深く、陰毛近くまで男幹を頬張り、じゅぷじゅぷと音を立てながら舐《な》め上げ始めた。

そして、どう……？　とでも言いたげに、ちらッ、と上目遣いで慎吾を見やってくる。

リズミカルにシゴきたてられ、もやもやとした欲情に慎吾は包まれていく。

「……気持ち、いい？」

唇を離した彼女が、問いかけてくる。

「そりゃ、もちろんですよ」

「よかった……私ね、いつもはこんなこと、いきなり自分からしたりは、しないの。だけど、お母さんたちにとられるのはイヤだから」

慎吾を巡る女同士の目に見えない牽制し合いの中で、すでに杏奈は一歩も二歩もリードしている。だが、さらなる引き離しを狙っているのか、ついに直接的な行為に及んでしまったらしい。知らず知らずに自分がこの騒動に巻き込まれている。というより自分こそがこの騒ぎの主役なのだと思うと、心中は複雑だった。

だが、若いペニスは正直なもので、五歳年上のお姉さまの優しい舌づかいにムクムクと勃《た》ち上がっている。ちゅぷちゅぷといやらしい音が耳に入ると、その艶《なま》めかしさに膝《ひざ》が震えてしまいそうになる。もちろん何人かの女性経験はあるが、こんな風に深く、そしてたっぷりと舐められるのは、初めてである。

「んん……ッ」

鼻から甘い声を出しながら、杏奈はねぶり上げてくる。男性経験がわりとあるのだろうか、彼女は男のツボというものを心得ているようで、裏スジのぴんと張っているところにしきりと舌を突き立てられ、慎吾は股間がむずむずしてどうしようもなくなってしまった。

すぐ近くには色白の彼女の、ぷっくらとした乳房の膨《ふく》らみがある。パステルグリーンのエプロンの向こうには、肉まんのような丸々とした丘がある。

思わず指と指の間をいっぱいに広げて、彼女の二つの乳房をぎゅむ、と摑みにいく。

「あン……ッ、だッめぇ……」

ダメ、と言いながらも内心嬉《うれ》しそうな声で、杏奈が喘《あえ》いだ。柔らかな肉の中に指が沈み、ぷにぷにとした感触が伝わってくる。

「ああァ……ン」

慎吾がその気になってきたのが嬉しいのか、杏奈は腰をくねらせながら、なおもしっか、とペニスにしゃぶりついてくる。

「もう、いいですよ」

慎吾は杏奈の唇から肉茎を引き抜いた。

「あン、だってまだ出てない……でしょ」

「こっちで、出しますから」

彼女を立ち上がらせると、ベージュのボックススカートをめくり、薄ピンクのパンティの股間部の布を右に乱暴にずらす。

「あッ……、え、え……？」

戸惑っている彼女の右脚《みぎあし》を高く上げさせ、くっきりと見えた赤い花びらの中心に、潜《もぐ》り込ませていく。

「あッ、やだ……ぁ、入れちゃってる……ッ」

ちっともイヤではなさそうな甘ったるい声で、杏奈は腰を揺すり、慎吾の動きに合わせてくる。

「あああッ、あ、あ、あ！」

たっぷりと舐めてもらっていたので、男茎と女芯のぬめりが響きあい、ちゅっぷちゅっぷ、と、腰が蠢《うごめ》くたびに淫靡《いんび》な音を立てる。

「あああ……ッ、いい……ッ、慎吾先生……」

目を閉じ、杏奈は慎吾にしがみついてきた。彼氏が一年以上もいないというのは本当だったのだろうか、実に心地良さそうにうっとりと目を細めたまま、腰を自分からすり寄せてくる。不安定な体位なのに、しっかりと彼女の女壺は肉の棒をくるみ込んでいた。

「杏奈先生……」

慎吾は低く呻いた。不意のアタックにペニスも発奮しすぎているようで、締められた途端、暴発を起こしてしまった。女芯近くにどろどろした白粘液を流し込みながら、慎吾は杏奈の顔を見た。

「ああ……ッ、はあぁ……ッ」

肩で息をしながら、全体重を慎吾にかけてくる。その重みを受け止めながら、慎吾は彼女の背中やヒップを、幼子をなだめるかのように、ゆっくりとさすった。

3

「遅くなっちゃってすいません!」

閉園時間を三十分過ぎたところで、ばたばたと若月彩加《わかつきあやか》が駆け込んできた。看護婦をしていて、都心の大病院の救急センターにいる彼女は、しばしばお迎えに遅れてしまう。今日も事前に電話が入り、少し遅れるというので、終バスの都合があるというこの日の夜番の保母は先に帰り、慎吾だけが彼女の息子と一緒にがらんとした園で待っていた。本来はバイト生にひとりで留守番をさせるなんてもってのほかなのだが、契約時間外のことなので、母親にも了承してもらうしかない。

「優哉《ゆうや》、ごめんね」

慎吾の腕から、息子を受け取ると、彩加は頬ずりをした。夜遅くなので、一歳の子どもは眠くて眠くて、半分瞼《まぶた》が閉じている。しかし、母親の気配がわかったのだろう。ぎゅ、とその胸に顔を埋めている。保育園の友達が皆帰ってしまい、自分だけがぽつねんと取り残されている不安を強く感じていたに違いないのだ。

「本当に、ごめんなさい」

彩加もほっとしたような顔で、慎吾に頭を下げた。

「近くで異臭騒ぎがあってね、目や喉が痛いという人が、何人も救急車で運ばれてきて」

若者集団が催涙《さいるい》スプレーを大量に路上でまいたらしく、サイレンがなかなか鳴り止《や》まない大変な騒ぎになってしまったのだという。

「残業させちゃってすみませんでした」

「いいんですよ」

慎吾はにこっと笑って、鍵の束を取り出した。

「大変でしたね」

「…………」

彩加は少し照れたように笑みを返した。

慎吾は、彩加の顔を母親達の中で一番最初に覚えた。彼女はいつも慌《あわ》ただしそうにしているが、表情が活《い》き活きとしており、仕事をしながら子育てをすることを心から楽しんでいるようで、好感を持てたからだ。

何歳なのだろう、と気になったので、園の家庭環境調査票をこっそりめくったこともある。彩加は二十七歳。ご主人は三十歳で、二人とも看護師をしていた。備考欄には「両親共に夜勤あり。正午帰り、深夜帰りあり」と記《しる》されている。

大変そうな環境だが、彩加も、息子の優哉も素直で、苛立《いらだ》った様子など人には見せない。すらっとした身体でよく頑張っているなあ、といつも感心していたのだ。

保育のバイトを始めたばかりだが、ワガママを言う子や、友達に暴力をふるう子は、大抵決まっている。そういう子は、親がイライラセカセカしていることが多い。親の態度を子が映し出しているのだ。

「あのね……」

彩加は辺《あた》りを見回し、自分と慎吾しかいないとわかると、口を開いた。丸い目で慎吾をじっと覗《のぞ》き込んでくる。

「ちょっとお願いがあるんですけど……」

「なんです……か？」

見てはいけない、と思ったのだが、つい、彼女の開襟《かいきん》シャツの奥に目が行ってしまった。モカブラウンのブラジャーがちらりと覗いている。案外と彼女は豊乳のようだった。

途端、慎吾の胸はドキドキと脈打ち始めた。この奥さん、何かエッチな誘いをしてくるのではないか、という気がしたからだ。二十歳の慎吾は、わりと晩生《おくて》で性的経験もそんなに多くはない。だから人妻の匂うような色香を感じると、無条件で降伏したくなってしまう。それが、結構好みの性格の奥さんだったら、なおさらだ。

だが、誘いは全然違うことだった。

「あのね、最近私と夫の夜勤が重なってしまうことが増えてきちゃったの。そのたびに実家の母に来てもらったりしていたんだけど、こう毎週だと大変で。空《あ》いている日だけでいいから、うちで深夜に泊まりのシッターをしてもらえると、すごく助かるんですけど」

彼女は本当に困っているらしく、拝《おが》むようにして両手を合わせて慎吾を見つめてくる。

「うちの優哉も慎吾先生になついているみたいだし。ね、お願いよ」

「ええと……時間さえ合えば、いいですよ」

頼まれるとイヤとは言えない性格の慎吾は、とりあえず頷《うなず》いた。園の父兄が窮地に立っているのだから、役に立ってもあげたかったのだ。

「ただし他の人には、内緒にしておいてください。一応保育のバイトのかけもちは禁止されちゃってるんで……」

「わかったわ」

彩加は満面の笑みを浮かべた。

「家ね、園から歩いてすぐなのよ。慎吾先生に鍵を預けておけば、園から家に直行してもらって、朝まで優哉の面倒をみてもらうことも、できるわね」

「確かに……、そうですよね」

働く母親への助けというのは、今の日本では本当に少ない。ベビーシッターという手段もあるが、まだまだ高額だし、毎回同じ人が来てくれる保証もない。慎吾なら優哉もなついているし、彩加は早く話を進めて、思う存分仕事に集中したいのだろう。さっさと自宅の地図をメモ帳に書き込んでいる。さらには家の間取り図まで裏面に記してくれた。

「寝室の一番小さいベッドが息子のだから、そこに寝かせてあげてね、で、こっちがリビング。おもちゃやビデオは全部ここにあるから。遊び部屋にしてね」

リビングのソファで仮眠を取っても構《かま》わない、と彩加は言った。

「子どもが寝ちゃったらシャワーとか勝手に使ってくれてもいいの」

じっと間取り図に見入っている慎吾の顔を、彩加が覗き込んだ。

「なんなら、今日、試《ため》しに泊まっていく？ 主人、今夜も夜勤で朝まで帰って来ないわよ」

「えッ……」

なんと答えたらいいのかわからず、たじたじとなっている慎吾に、彩加は噴《ふ》き出した。

「冗談よ、冗談。なんだかもう、慎吾先生って、全然見かけと中味が違うのね」

彩加は上目遣いで慎吾を見つめてくる。見つめる、というよりは物欲しそうな、舐めるような目線だ。慎吾の胸が妖《あや》しく脈打った。

「先生、案外、マジメみたい」

「案外っていうか、僕はマジメですよ」

慎吾は胸を張った。

彼女がくすくすと笑った。こういう時、どうリアクションをしたらいいのか慎吾はわからず、ただ石みたいに固まっているしかなかった。どうやら誘われていることはわかるのだが、彼女は人妻で子持ちなのだ。まだ保育のバイトを始めて一ヵ月足らずの身だし、手を出せるわけがなかった。

「ずっと先生に話しかけるチャンスを、狙ってたのよ。でも保母さん達がね、いつもマークしていてなかなか近寄らせてくれないでしょう。今日はゆっくりお話しできて、よかったわ。バイトもしてもらえることになったし」

またちろりと彩加が慎吾を見上げてくる。

すぐ近くに彼女の唇があった。恋人が半年近くいない慎吾は、おいしそうに濡れたピンク色を見ただけでくらくらしてきた。だが、必死に堪《こら》える。

「ふぅん」

固まったままの慎吾に、彩加は痺《しび》れを切らしたのか、ゆっくりと目線を離した。

「ほんとに、マジメなのね」

立ち上がり、慎吾の身体を上から下まで眺めてくる。今日着ているのは着込んで色褪《あ》せたようなシャツとジーンズだったので、ひどく気恥ずかしかった。

「でもそのくらい慎重な人のほうが、子どもを預ける側としては、安心だわ」

何もアクションを起こしてもらえなかったことを少し悔しく思っているのか、彩加は荷物を持ち上げると、

「それじゃあ、連絡させてもらうわね」

と息子を抱え直した。彼女の胸の中の一歳児はすっかり眠り込んでしまっている。

「この子、寝入る時何か柔らかいものを摑《つか》んでいたいたちなの、ほら」

彼の手は、母親の乳房の丸みを辿《たど》るように、むにゅむにゅと蠢《うごめ》いている。温かそうな肉がそのたびに形を変えている。

顔を上げた時の彩加の淋しそうな瞳《ひとみ》を見て、もっと優しくしてあげるべきだったかな、と慎吾はせつない気持ちになった。毎日忙しくしている彼女に、少しだけ甘い時間を提供してもよかったのかもしれない、と。

4

そして彩加からのバイトの依頼は、翌週にやってきた。まずは園で子どもを預かり、前もっての打ち合わせ通り、「仕事で遅れる」と連絡のあった彩加を、慎吾が一人残って待つフリをして相方の保母を帰らせた。そして頃合いをみて園から優哉を連れ帰り、寝かしつける。

レンガ造りの低層マンションの一階真ん中の部屋が、彩加の家だった。

マンションは広めで、まだ築年数もそれほど経ってはいないらしく、造りつけのシューズラックや廊下沿いの収納庫からは樹《き》の良い香りがした。

最初は優哉も、母親ではなく慎吾と一緒といういつもと違うパターンに興奮気味で、すぐ起きあがり、跳《は》ね回ろうとしていたが、やがて零時が近づくにつれ、瞼が重くなり、おとなしくなった。

相手をしてやる存在が寝入ってしまったら、もう慎吾にはすることがない。コンビニで買ってきたビールを飲みながら、ソファで寝転がって深夜番組を観《み》ているのにも限界がある。いつの間にか、うたた寝をしてしまったようだった。

目覚めるとすでに朝六時で、カーテン越しに明るい光が差し込んでくるのがわかった。

彩加は午前八時に申し送りを終えて帰ってくると言っていた。ご主人もやはり夜勤で、戻りは昼近いという。息子の優哉を覗きに行くと、昨夜遅かったからか、まだぐっすりと寝込んでいる。

シャワーを浴びよう、と慎吾は立ち上がった。白いタイル貼りの清潔な浴室で、熱い湯を身体中に浴びると、一気に目が覚めた。持ってきたマンガでも読みながら彩加の帰りを待とう、と考えながら、曇りガラスの引き戸を開ける。

さあっと入ってきた少し冷えた空気と共に、何かが廊下で動いたのがわかった。

「優哉？　起きたのか？」

まだ一歳で、いたずら盛りの彼が、何かをしでかしていたら大変だ、と慎吾は慌ててバスタオルを腰に巻いて飛び出した。

だが、リビングにいたのは、彩加だった。

「あ、帰っていらしてたんですか」

慎吾はバツの悪い思いで彼女を見た。

「すいません、フロ借りてました」

「いいのよ、好きに使ってちょうだいね」

明るくそう答え、

「朝番の人が早めに来てくれたから、七時に帰れちゃったわ。ありがとうね」

徹夜明けで疲れているであろうに、さっぱりと彩加は微笑《ほほえ》んだ。そして、

「ちょっと恥ずかしいわね、そんな姿でいられると」

と目を細めて二十歳の身体を見つめてくる。

「あッ、すいません」

慎吾は慌《あわ》てて後ずさりした。

裸に近い格好なので、さすがにこちらも恥ずかしい。脱衣所に戻ろうとすると、彼女の方が近づいてきた。

「困っちゃうわ、もう……」

そんなことを呟きながら、慎吾の目の前に屈《かが》みこんでくる。

そして腰にかかっているバスタオルを握ると、バッ、と取り去った。

「えッ、な、なんですか」

わけがわからず、慎吾は身体をこわばらせた。自分の股間を、人妻に露出させられてしまったのだ。彼女がいったい何を望んでいるのかわからず、慎吾はただ彼女のきらきら輝いている瞳を見据えた。

「あなたがいけないのよ」

つ、と胸元に彼女の白い指が伸びてくる。軽く、乳首をなぞられ、慎吾はびくッと身を震《ふる》わせた。

「こんな綺麗《きれい》な肌、見せつけるんだもの。私、眠いし、疲れているし、うまく、ブレーキがかからない……」

とろんとした瞳で、彩加が慎吾を見上げてくる。Vネックの薄紫のニットから、クリームイエローのブラジャーが覗いていて、慎吾は思わずその深い谷間に見入った。

「ね、少し勃《た》ってるじゃない。どうして？」

無邪気にそう尋《たず》ねながら、彼女が肉茎の根元を撫《な》で回してくる。まるで以前からよく知っているかのような、懐《なつ》かしんでいるかのような手つきに、慎吾のペニスもすぐに馴染《なじ》み、ますます大きく膨らんでいく。

「どうしてって、奥さんが見たり弄《いじ》ったりするからですよ……」

すぐに反応してしまう堪《こら》え性のない自分の肉棒を少し情けなく思いながら、小さな声で言い訳をする。

「そんなつやつやしたお肌でうろうろされたから、悪戯したくなっちゃったのよ」

子どもの前で見せているのとは全く違う、艶めかしい、心の奥まで覗き込んでくるような目線を投げかけながら、彩加は、

「ねぇ……ちょっと味わっちゃっていい？」

と尋ねてきた。

「い、いいわけ、ないじゃないですか」

園児の家庭を壊《こわ》したりしては保育バイトとして失格だ。

「これって、不倫になっちゃいますよ」

杏奈といい、彩加といい、どうして自分のモノを頬張りたがるのだろう。当惑しながら、慎吾は首を横に振った。独身の杏奈と戯《たわむ》れる時とは違い、彩加は人妻なのだから、責任の重さは比《くら》べものにならない。

「あら」

優しく皺《しわ》袋を揉《も》みながら、彩加が微笑んだ。

「本当にマジメなのね。もっと割り切っちゃえば、いいのに」

「割り切れませんよ、そんな」

「私は平気よ。したかったらする。それでいいじゃないの？」

大きな瞳がふっと細くなり、愛《いと》おしそうに慎吾と慎吾のジュニアに目線を投げてくる。

いいですよなどとは言っていないのに、彩加は当然のことのように、ピンクにルージュを塗った唇をいっぱいに開き、奥までねぶり込んでくる。

「んッ……」

肉亀を通り過ぎ、裏スジを一気に含み取り、彼女の唇はにゅるる、と根元まで含み切った。遠慮のないそのリップテクに、慎吾はよろけ、ソファの肘《ひじ》当てに摑まった。

「可愛いおち○ち○……」

本心からそう言っているらしく、彩加は嬉しそうにいっそう目を細めながら、きゅうと唇を締め、肉茎を吸い込んでくる。

「い、いいんですか。だんなさんがいるのに」

「ん……」

こくり、と頷《うなず》くと、弾《はず》みをつけて彼女の首が前後に動き始めた。

それは、慎吾が今まで味わったことがないような快楽だった。彼女が動かしているのは唇だけではなく、舌までもちろれろと、舐め上げる時に細《こま》かく震わせ続けている。温かく濡れた粘肉に包まれる感触と、くすぐられているかのような密《ひそ》やかな舌の愛撫、さらには空いている右手で肉根をがっちりと握り、支《ささ》えながら上下に小刻《こきざ》みに揺るがせている。左手も遊ばせてはおらず、ふわふわと陰嚢を揉んでくる。

「ンン……、ン、ン、ン……」

むくむくと限界近くにまで膨れ上がったペニスを、苦しげな声を出しながらも、しっかりと含んでいる。

慎吾の息が、知らず知らずのうちに荒くなってしまっていた。

「感じてる、でしょ？」

肉茎を軽く含んだまま、彼女が語りかけてくる。しっとりと濡れた目で、こちらを見上げてもくる。

（なんてエッチな奥さんなんだろう）

もしかして保育のバイトを頼んできた時から、慎吾とこうなるつもりだったのかもしれない。そう疑いたくなるくらいに、彼女は嬉しそうにペニスを含みながら、慎吾の反応をちらちらと窺《うかが》っている。

「出しちゃっていいからね、飲んであげる」

尖端から唇をそっと離して、彼女がそう囁《ささや》いてくる。

（そこまでしてもらうわけには、いかない）

そう思ったのだが、芯から湧いてくる甘美な快感には抗《あらが》えそうもなかった。慎吾の意志など、彩加の前には全然通用しそうにない。ただ彼女の望み通りにペニスが弄られ、慎吾はついていけなくなりそうなくらいの興奮に、必死に歯を食いしばっている。

不意に、彩加の唇の力が弱まった。スピードも落ち、ゆるゆると、じれったいほどのんびりと、下から上にと這《は》い上がってくる。

(もうちょっと、もっと、もっと……)

堪えきれなくなって、慎吾自らが、腰を少し使って、彼女の窄《すぼ》まった唇の中にめり込ませていく。少しずつ、力を強め、刺激を強めようとしたその時、急に彼女の口内に力が蘇《よみがえ》ってきた。

「んんん、あうぅ、ン……ッ！」

鼻から口から艶めかしい息を漏らしながら、じゅぶぶ、じゅぶぶ、と凄《すご》い速さで彩加が首を前後に振っている。肉茎の中にある全ての精が、誘われるがままに宙に飛び出していくような放出欲に、慎吾もとらわれていく。

「あ、出ちゃう、出ちゃいます」

そう呻き、腰を引こうとしたが、彼女がしっかと肉茎を含んで放さない。

もうどうしようもなくなり、慎吾は彼女の口内に発射した。

「んッ……！」

こくり、と微《かす》かに彼女の喉が鳴った。

瞳を閉じたまま、夫のものではない白粘液を飲み干していく彼女の紅潮した頬を、慎吾は呆然《ぼうぜん》と見つめていた。

5

翌週も、彩加からの呼び出しがあった。

夫婦で夜勤になってしまったので、朝まで子どもに付き添っていてほしい、という。

あんなことをされてしまったのだ。仕事の依頼を受けるべきか否《いな》か、慎吾はかなり迷った。

一度だけならば、弾みでとか、魔がさしてとか、何とでも言い訳ができる。しかし、今度も彼女と何かあやまちを犯してしまったら、それこそ問題だ。それにいつご主人が帰ってくるかもわからない。迂闊《うかつ》な行動をしてしまっては、家庭崩壊にまで繋《つな》がってしまう。一歳というまだまだ小さな年齢の優哉に哀しい思いをさせるのは、なんとしても避けなくてはならない。

けれど彩加は、慎吾にフェラチオをしたことを、全く反省してはいないようだった。お迎えの時園で顔を合わせるが、いつもと変わらぬ堂々とした笑顔をこちらに向けてくる。少しでも気持ちにやましいところがあったら、真っ直《まっす》ぐに見てはいられないだろうに。

夫とはすれ違いの生活だと言っていたが、だからといって若い男を悪戯していいわけがない。これ以上あの奥さんと関わってはいけない、と頭では分かっていた。ここは、断わるべきだ、と。

しかし結局慎吾は、優哉を抱っこしてマンションまでの並木道を歩いていた。彩加と妖しい雰囲気になることを期待してないと言ったら嘘になる。けれども優哉が他のシッターに人見知りをして泣いたら気の毒だと思ったのだ。慎吾なら園でも一緒に過ごしているので、彼もなついている。彼の精神の安定を考えるとやはり、慎吾は彩加の家に出向かなくてはいけなかった。

今日は、この間のようにシャワー直後の姿で鉢合《はち》わせにならないよう、優哉が寝たらすぐにシャワーを浴びた。先に身体を洗ってからソファに横になろうと思ったのだ。

優哉は園で今日ボール遊びを散々したせいもあり、すぐに寝息をたてはじめた。おそらく朝まで起きないことだろう。テレビの深夜番組はどれも冗漫で、慎吾もあくびを繰り返しているうちに、いつのまにか眠ってしまったようだった。夕方からずっと小さな子どもの相手をしていたので、全身にだるい疲れが広がっていた。

目を覚ましたのは、何かが自分の手に触れたような気がしたからだ。

最初は毛布かな、と思った。だけど、夢うつつの中で、違う、とすぐに気づいた。彩加が用意してくれていたのは少し毛足が長く、ふわふわしたものだった。今、慎吾の手の上にそっと重ねられているのは、もっと温かくてしっとりとしたもの、人間の皮膚だ。誰かが自分の手を、握っているのだ。

優哉かもしれない、と薄目を開けてみる。

夜明けが近いのか、辺りはぼんやりと明るくなってきている。

部屋の中で浮かび上がっているのは、彩加の顔だった。

（この人はどういうつもりなのだろう）

慎吾は金縛《かなしば》りにあったように、動けなかった。寝ているフリをしているしかなかった。

「ごめんね……」

低い声で、彼女が囁きかけてくる。

「でも、私、我慢、できない……」

今日も早めに帰ってきたのだろうか。それともこういう時間を持つために、ワザと慎吾には勤務時間を長めに伝えてあったのかもしれない。

慎吾の唇に、温かいものが触れた。彼女の唇だった。人妻であり母である彩加の、ためらいがちなキスが、何度か、繰り返される。

「慎吾先生……すごく、魅力的なんだもの」

独り言を彼女は続けている。着ていたチェックのシャツの上から慎吾の乳首の周辺をすぅ、と撫でてもくる。

「前からずっといいなって思ってたの」

慎吾に言い聞かせるかのように、彼女は甘えるように胸を撫でながら話しかけてくる。

「先生のこと、抱きしめたいなって、思ってたの。独《ひと》り占《じ》め、してみたかった……」

声が震えているのがわかった。そして女性の身体の重みが、のしかかってくる。

そこで慎吾の我慢も限界だった。右手を彼女の背中に回し、強く抱き寄せてしまう。

「えッ……やだ、起きてたの……？」

驚いて声を漏らした彼女の桃色の唇を塞ぐ。

「ん……ッ、ん……！」

本気で欲《ほ》しがっているのだろう。少し舌を絡《から》め合わせただけで、彩加は鼻にかかった甘い息をこぼし始めている。

慎吾は、乱暴にブラウスを捲《まく》り上げ、ブラジャーを外した。丸々と実った乳房がぷるぷるとこぼれ出てくる。

「ああ……ッ」

彩加が目を閉じ、喘いでいる。乳房を揉みながら口づけを繰り返すうちに、ずっと待っていたの、とでも言いたげに腰を揺すりつけてきた。

水色のタイトスカートを持ち上げ、パンティもストッキングも一気に下げる。夜勤明けの彼女の身体からは、微かに消毒アルコールの香りがした気がした。薄紫色のサテン地のパンティは、ナースのハードワークの間中、ずっと彼女の肌に貼りついていたのだろう、ほっこりと温かかった。

ここまできたらいくところまでいくしかない、と慎吾は指をずい、と蜜芯に差し込んでみた。すでにそこにはとろみのついたラブスープが溢《あふ》れ、少し指を動かしただけでじゅるじゅるといやらしく蜜鳴りがする。

「あああ、あッ、あッ、あ！」

近くで子どもが寝ていることも、夫がいることも、もう彩加の頭の中にはないようで、嬉しそうに腰を震わせながら、若い男にしがみついてくる。セックスレスだったのだろうか、本当に、すぐにでも入れてほしそうに濡れ濡れのヴァギナを指になすりつけている。

「入れちゃって、いいんですか」

一応確認をしておこうと問いかけると、彩加はこくりと頷いた。

「慎吾先生と、こうなりたかったの」

そう言いながら、自分から慎吾の肉茎に照準を合わせてくる。生暖かい壺の中に身を下から差し込んでやると、彼女は喘ぎながらぴったりと胸と胸とを合わせてきた。

「先生を狙っている女の人、いっぱいいるみたいだから。こんな風になれて、夢みたい」

優越感があるのか、彩加は本当に嬉しそうに白い歯を覗かせた。そしてゆっくりめに、腰を律動させてくる。

彩加の中は、ぬるぬるとした分厚い膜が何層にも絡みついてくるかのような、ひどく艶めかしいものだった。こんなにも柔らかく、情感豊かに蠢めいているのは、出産経験があるからなのだろうか、経験がそれほど多くはない慎吾にはわからなかった。

ただ、上に乗っている彼女を抱きしめ、腰を何度も打ち上げることしか、できない。

「ああ、慎吾センセ……ッ、だめぇ……ッ」

甘えるような声を出しながらも、彩加のすることは、ひどくいやらしかった。慎吾の乳首をちゅうちゅう吸いながら、左手でくりくりともうひとつの乳首をくすぐってくる。そして、腰を器用に、前に後ろにと慎吾の下腹部になすりつけてきた。そのたびに、硬くなっているクリトリスがころころと転がるのが、わかる。彼女は目一杯、感じているのだ。

「したかった、ずっと、先生としたかったの」

人妻の熱っぽい言葉に煽《あお》られるように、慎吾の突きも、強まっていく。どんどん蜜の量が増え、出し入れをするたびに、肉茎にはねっとりとした彼女の淫ら汁が絡みついてくる。

「ね、ね、すごく、イイ……ッ！」

息を乱している彼女の大きめなヒップが弾んだ。それをしっかと摑み、桃割れをぐいと開く。さらに奥まで蜜道が深まり、男幹がめり込んでいく。

「ああ……ッ、すごく、いっぱい！」

彩加が高い声を上げながら、腰を震わせ始めた。びくん、びくん、と女襞が軽い痙攣《けいれん》を起こしている。

「ああ、ねえ、すごい、ねえ、イく、イくの」

彩加が目を閉じ、円を描くようにヒップを揺らしている。ねとねとの膣壁できゅうきゅう締めつけられると、ペニス全体がはち切れんばかりに膨らんで、それに抗おうとする。彼女の勢いに引きずられ、慎吾は一気に精を打ち上げさせられていった。そしてどうして女達はこんなにも自分の子を保育してくれる男という立場に欲情するのだろう、と一瞬考えた。女だけのフィールドである育児という場に、突如として異性が現われたので、ただそれだけでも三割増くらいに見えるのだろうか……。その思考も、放出の快感の前に、一気に霞《かす》んでいった。

「……じゃ、後は、頼んだから」

亮介はそう声をかけた後で、ふと不安に襲われた。少年のようだった慎吾の顔が、急に大人っぽくなった気がしたからだ。

(ひょっとして……?)

すでに保母や園児の母親に猛アタックをかけられたのかもわからない。普段よりどこか落ち着いた感じで子ども達を遊ばせている彼の伏せがちな目を、亮介はじっと観察した。ここで働く以上、彼女らの誘惑に遭《あ》うことは間違いない。それからどういう行動をとるかは、自分が決めることだ。

（俺があれこれ口を出すことじゃないか……）

ただあんまり深入りだけはするなよ、と、彼の幅広の背中を見ながら、園長として、亮介は願うのであった。

不倫姉妹

櫻木　充

著者・櫻木《さくらぎ》 充《みつる》

東京生まれ。会社勤めのかたわら、一九九七年に『二人の女教師・教え子狩り』でデビューして専業に。裸身よりも下着姿に、全身よりも部位にこだわり、フェティシズムに満ちた官能シーンを追求する。代表作に『隣りのお姉さん・少年狩り』『義母』など。

1

「部長っ、着きましたよ。起きてください」

土曜日の午前二時。都心から三十分あまりの場所にある須永《すなが》邸にタクシーを横づけした江口隆司《えぐちたかし》は、運転席側で高いびきをかいている家の主《あるじ》、須永栄治《えいじ》の肩を揺すった。

「……んん？　おお、江口っ、次はどこだ」

「次はご自宅ですよ。さあ、降りましょう」

まだ梯子《はしご》するつもりでいる須永に失笑すると、隆司は先にタクシーを降り、軽く伸びをしながら夜空を見上げた。

いまだ日中は蒸《む》し暑い陽気がつづいているが、九月もすでに半ばを過ぎて、朝晩はずいぶん過ごしやすくなっている。昼過ぎまで降っていた雨のせいか、涼しげな虫の音《ね》も相《あい》まって、秋風が心持ち肌寒く感じられた。

隆司はこのところ月に二三度はこうして、酔いつぶれた須永を自宅まで送り届けている。

べつに迷惑には思っていない。ここまで車に乗って来られれば、自宅アパートまでは歩いて帰れる距離だ。営業部を取り仕切っている須永には日頃から色々と世話になっていることもある。中堅どころの商社に入社して三年になるが、三流大学出身の自分が同期の中で出世頭でいられるのも、須永に取り立ててもらっているからなのだ。

今年の春にはめでたく主任になることができた。平均からすれば二年は早い出世である。

実のところ須永は同じ大学の出身で、創業社長の甥《おい》にあたる男だ。来期には取締役に就くことがすでに内定している。

「……っと、もう少し辛抱《しんぼう》してください」

タクシーから降りるなり、地べたに座りこもうとした須永に慌《あわ》てて肩を貸し、玄関に足を向ける。

と、そのときだった。

夫の帰りを待っていたのか、玄関の扉が開け放たれ、妻の瑠美《るみ》が姿を現わす。

「もう、あなたったら、また江口さんにご迷惑を掛けて」

「おお、瑠美。今帰ったぞっ！」

妻の顔を見るなりシャキッと背筋を伸ばし、須永はいかにも亭主関白であることを見せつけるように、手に提《さ》げていたビジネスバッグを瑠美の胸元に突き出す。

「本当にすみません。主人たらいつもいつも」

夫の手からバッグを受け取ると、瑠美は隆司に向かって深々と頭を下げた。

「いいえ、そんなこと。ここまで車に乗せてもらえれば、僕も助かりますから」

慌てがちに首を横に振り、瑠美の顔を瞳に映す隆司。

夫よりひとまわり以上年下の妻は、この春に三十歳を迎えたばかり。瑠美自身は初婚だが、須永にとっては二人目の妻になる。

（しかし、いつ見ても綺麗だよな）

細面の輪郭《りんかく》に、筋が通った高い鼻。西洋人形のように大きな瞳が印象的な、ハーフだと言われれば納得しそうなほど、瑠美は日本人離れした美貌の持ち主だった。

一見すれば近寄り難く、どこかしら冷たさを感じさせる美しさだが、女盛りに差し掛かった年齢もあるのだろう、しっとり艶《つや》っぽく、豊かな母性すら漂わせている。

二十五歳になってなお、年上の女性への憧れが強い隆司にとって瑠美は、理想の嫁に限りなく近い美人妻だった。

緩《ゆる》やかなウエーブを描いた栗色のセミロングヘアーも似合っている。女性にしては背も高く、ボディラインも肉感的で、ネグリジェ風のワンピースを纏《まと》った今の姿は眩暈《めまい》を覚えるほど魅惑的だ。

前回は黒のスリップドレスにカーディガンを羽織《はお》った姿で夫を迎えた。胸元には乳首があからさまに突起して、パンティが薄《う》っすら透けており、目のやり場に困ってしまった。

社内には須永のコネで瑠美の実妹、元モデルの里中朋美《さとなかともみ》が広報担当として勤めており、彼女の美貌もかなり評判になってはいるが、姉と比べられては少々分が悪い。

実のところ、こうして瑠美と対面することが、隆司の密かな楽しみになっていた。

「それじゃあ、僕は……」

「何だぁ、江口、このまま帰るつもりか。一杯呑《の》んでくのが男の礼儀ってもんだ」

瑠美にひと言告げて、辞去しようとしたところだった。須永にネクタイを摑まれ、強引にリビングへ連れ込まれてしまう。

「おい瑠美っ、グラスと氷だ」

ブランデーボトルをテーブルに置き、後から続いてきた妻に大声で命じると、当の本人はさっさとリビングを出て、二階の寝室に引きあげてしまう。

まあ、須永を自宅まで送り届けたときの、これがいつもの「オチ」なのだが。

「まったく、あの人ったら」

「……では、僕はこれで」

呆《あき》れ顔の瑠美に今一度頭を下げ、ソファーから腰をあげる。

「あら、お茶だけでも」

「いいえ、もう遅いですから」

美人妻とのひと時を過ごしたいのは山々だが、時間も時間である。そうそう言葉に甘えるわけにもいかないだろう。が、リビングの扉に向かって一歩足を踏み出したところ、瑠美が躊躇《ためら》いがちに声を掛けてくる。

「江口さんに、実は、その……ご相談したいことがあるんですけれど」

「僕に、ですか？」

「ええ、お時間は取らせませんので」

いったい自分に何の相談があるのだろうかと、物憂《ものう》げな顔で小さく頭を下げてきた瑠美に首を傾《かし》げつつ、隆司はふたたびソファーに腰を下ろした。

「……で、僕に何を？」

差し出された緑茶をひと口啜《すす》り、向かい側に座った瑠美に用件を尋ねる。

「あの、申し訳ございませんが、この話はどうぞご内密に」

ときおり上目遣いにこちらの顔色を窺《うかが》いながら、瑠美は言葉を選ぶように、たどたどしい口振りで話し始めた。

お茶を啜りつつ、しばし耳を傾ける隆司。

どこか要領を得ない物言いだったが、要点だけは理解できた。

「ええと、つまり、その……部長が浮気をしていると、そういうことですか？」

「まだ確かなことは。ですが……」

言葉を途中にソファーから腰をあげると、瑠美は小走りにリビングを出て行った。一分ほどして立ち戻ってきた彼女の手には、真新しい携帯電話が握られていた。

「これは？」

テーブル越しに差し出された携帯を受け取り、瑠美に問い掛ける。

「夫のものだと思います。普段使っているものとは別の……昨日のスーツに入れっぱなしになっていて、今日は忘れていったようです」

「……………」

「履歴《りれき》は全部消されていたんですけど、昼間に女性からメールが届いたんです」

「メールが？」

瑠美の言葉に携帯電話を調べてみるも、すでに消去してしまったのか、メールは一通も残されていなかった。アドレス帳にも一件のデータも記録されていない。

「たぶん社内の女性だと思うんですけど」

「どうしてですか？」

「メールを見て、何となく。女の勘です」

「その相手を、僕に調べて欲しいと？」

もはや聞かずとも知れたことではあるが、隆司は夫の浮気を打ち明けた真意をあらためて瑠美に尋ねた。

「はい。何とかお願いできませんでしょうか」

「ですが……」

「主人にはまだ何も。問い詰めてもどうせ、誤魔化《ごまか》されるだけですから。もちろん江口さんにご迷惑などお掛けしません。変なトラブルになる前に、穏便《おんびん》に済ませたいと思っているんです。何とかお願いできませんか？」

「ええと、あの……わ、分かりました」

これほどの美人から、縋《すが》りつくような眼差《まなざ》しで瞳を見つめられては、首を横に振るなどできるわけもない。

それに、ここで恩を売っておけば、憧れの美人妻とお近づきになれることだけは確かだ。もしかしたらこの先、単なる夫の部下から恩人に、それ以上の関係に「特進」できるかもしれない。

むろん、滅相《めっそう》な考えなど起こしてはならぬ女性であることは分かっているが……。

「それで、僕は何をすれば？」

「ええ、実は明日会う約束をしたんです。その携帯からメールを送って。本当は自分で確かめようと思ったんですけど、社内の女性は知りませんし」

ならば妹を使えばいいではないかと、そんな考えが一瞬頭をよぎるも、せっかくのチャンスを棒に振るわけには行かない。

時間は午後三時。場所は都内某ホテル。ロビーにはグランドピアノが設置されており、その辺りで待っているように指示したという。

「その携帯も持っていってください。相手から連絡があるかもしれませんから」

「誰なのか確かめてくればいいですか？　僕から何か言うよりも……」

「はい。相手の名前を教えてくださるだけで充分ですから。お礼はいたしますので、是非《ぜひ》お願いします」

「お礼なんていりませんよ。部長には……」

いつも世話になっているからと、口から出かけた台詞を途中で飲み込み、隆司は小さく肩をすくめた。

須永を裏切るような後ろめたさを覚えたから。浮気調査ばかりではない。自分は上司の美人妻との関係を期待しているのだから……。

2

（おいおい、ちょっと待てよ。まさか、浮気の相手ってのは……）

待ち合わせのホテルで、漆黒《しっこく》のグランドピアノの傍《かたわ》らに佇《たたず》んでいた女の姿に、隆司は愕《がく》然《ぜん》と目を見開いた。

瑠美の推測は正しかった。確かに社内の女性である。だが、身内であることまでは予想できなかっただろう。亭主の浮気相手は実の妹、里中朋美だったのだ。

（いいや、待てよ。単なる偶然ってことも）

隆司はロビーをひとまわりして、それらしい人物がいないか確かめてみた。

朋美の他にも数人、若い女性の姿がある。社内で見かけた覚えのある人間はひとりもいないが、瑠美の思い違いということもある。

だが、約束の時間から十五分ほど過ぎた頃だった。ジーンズの後ろポケットに突っ込んでいた携帯が着信メロディを奏《かな》でる。瑠美から預かった須永の携帯からだ。

「………………」

隆司はロビーの片隅から朋美の様子を窺いながら、携帯電話を伝言モードに切り替えて相手にメッセージを吹き込ませた。

『私だけど、遅れるなら連絡くらいして。あと五分して電話がなかったら帰るからね』

不機嫌そうな朋美の声が、スピーカーから聞こえてくる。もはや疑う余地はなくなった。

（しかし、どうするかな）

正直に伝えていいのだろうかと、携帯を握り締めたまま、しばし思い悩む。

と、そのときだった。朋美がふとこちらに顔を向ける。

「!!」

とっさに身を隠そうとするも遅かった。

朋美が軽く手を振りながら、小走りに駆け寄ってくるではないか。

「江口君、どうしたの。こんなところで」

「ああ、どうも。偶然ですね」

愛想笑いを浮かべつつ、丁寧な物腰で頭を下げる。入社は同じ年だが、二十四歳までモデルをしていた朋美は自分より二つ年上だ。

「誰かと待ち合わせ？」

「まあ、ちょっと……里中さんはどうしてここに？」

「うん、私もちょっとね。でも、もう用事は済《す》んだから、暇《ひま》ならお茶でも付き合わない？江口君、もう悦《え》っちゃんと別れたんだよね」

「ははは、よく知ってますね」

悦っちゃんとは、つい一ヶ月ほど前に別れた彼女、河野悦子《こうのえつこ》のことである。もとは同期で入社した女性だが、三ヶ月ほど前に会社を退職していた。

「当たり前よ。同じ広報部にいたんだから。今もときどき会ってるのよ」

「里中さん、彼氏はいるんですか？」

馴《な》れ馴れしく腕を絡ませてくる朋美に、何気なく問い掛ける。

「んー、もしかして、私と付き合いたいって言ってるの？」

「まずいんじゃないかな」

朋美の言葉を無視して、隆司は憮然《ぶぜん》と言い返した。

無用に男を挑発する態度がやたらと鼻についた。酒にはまるでだらしないが、須永は真面目な男だ。妻の妹と平気で浮気をするような人間ではない。自分に接する今の仕草《しぐさ》を見れば、こうして朋美に誘惑されて、つい出来心を起こしてしまったに決まっている。

「まずいって、何が？」

「実は俺、部長の奥さんに……お姉さんに頼まれて来たんですよ、ここに」

須永の携帯を突き出し、先に録音されたメッセージを再生させる。

「…………」

「分かりますよね、どういうことか。こんなことがもし、お姉さんに知られたら……」

「なるほどね、そういうことか。いいわよ」

それほど慌てた様子もなく、朋美は意味不明な言葉を返してきた。

「いいって、何がです？」

「黙っててくれるなら、ね？」

「ねっ、て……ん、んぅ」

言葉の遣り取りなど必要ないとばかりに、出し抜けに唇が奪われる。

「ちょ、ちょっと……いきなり何です⁉」

「あら、分かるでしょう。今日は誰も来なかった。そうよね？」

「……………」

「江口君は誰も見なかった。そうでしょう？」

両手で腰が抱き寄せられ、下着風のキャミソールに包まれた乳房がグイッ、グイッと胸板に押し当てられる。

「私って魅力ない？　好みとは違う？」

「そんなことは、ないけど……」

「だったら、ね？　その代わり、姉さんには黙ってること。いい？」

「……まあ、それは構わないけど、でもなぁ」

どっちつかずの物言いで、気のなさそうな素振りを演じつつ、相手の出方を窺ってみる。一方でジーンズの股座はファスナーが裂けんばかりに膨《ふく》らんで、すでにやる気満々である。

「ちょっと、江口君ってさぁ、そういうところがよくないのよね」

「は？」

「けどぉ、とか、でもぉ、とか……何だか苛々《いらいら》するわ」

「ちっ、いきなり何だよ。だいたい、そういうことが言える立場じゃないだろう」

無遠慮な口振りに舌打ちし、ぼそぼそと言い返す。優柔不断な性格であることは、本人もそれなりに自覚している。別れた彼女にも似たような文句を言われた経験もあった。

「ええ、そうね。今の私はとっても弱い立場よね。だから、江口君の好きになるしかない。そうじゃない？」

「……かもね」

「念のため言っておくけど、私は誰でもって訳じゃないからね。今までは悦っちゃんがいたから遠慮してたけど、前から江口君のこと狙っていたんだから」

「へえ、そっ、そうかい」

いきなり真顔で想いを告げられ、隆司は狼狽《ろうばい》を露《あら》わにしてしまう。

たとえ姉に浮気をばらされたくないが故の世辞であっても、これほどの美人から告白されて嫌なわけがない。瑠美を少し丸顔にして、ボディラインをひと回りスリムにした感じの朋美は、さすがに元モデルだけあって些細《ささい》な立ち振る舞いも優美に映る。

セミロングの黒髪も雰囲気に合っているし、今日の服装もかなり挑発的だ。不用意な姿勢をとれば、いつパンティが露呈《ろてい》するか分からないマイクロミニのタイトスカートからは小麦色の、煌《きら》びやかなストッキングに覆われた美脚がきわどい部分まであからさまで、男の劣情をいたく煽《あお》り立てる。

性に目覚めたときから脚フェチの隆司にとって、ナイロンメッシュに飾られたコンパスはむしゃぶりつきたくなるほど誘惑的だった。

（いいな、里中さんも。綺麗だな、ほんと）

姉の美貌とは比べようもないと思っていたが、こうして妹本人を前にすれば、その美しさは瑠美を上まわるように感じられてしまう。このように揺れ動く心情もまた、優柔不断な性格の表れかもしれないが……。

「じゃ、行こうか。ホテル代は江口君持ちね」

自慢の脚線美に注がれている熱い視線に口元を緩めると、朋美はちゃっかり奢《おご》りを命じ、隆司と腕を絡ませながら奥のフロントに足を向けた。

3

(まさか、こんなことになるとはな)

朋美に促《うなが》されるまま、先にシャワーで汗を流すと、隆司は予期せぬ展開にあらためて薄笑いを浮かべた。

もちろん、後ろめたい心がないわけではないが、旦那の浮気相手が実の妹だったとはさすがに告げづらいし、身内のごたごたに首を突っ込みたくもない。

瑠美にはとりあえず、相手には会えなかったと報告しよう。途中で電話が入り、都合が悪くなったとメッセージが入れられたことにすれば言い訳もつく。

(まっ、据《す》え膳《ぜん》ってやつだからな。せいぜい楽しませてもらうさ)

一ヶ月前に彼女と別れて以来、女を抱くのは久方ぶりのことである。相手はしかも、社内一の美人だ。男根はすでにガチガチに勃起《ぼっき》して、先汁さえ滴《したた》らせる有様である。

隆司はバスタオル一枚を腰に巻きつけると、逸《はや》る心を鎮《しず》めるように軽く深呼吸をして、バスルームを後にした。

「……さあ、どうぞ」

ダブルベッドに横たわり、上掛けの中に潜《もぐ》りこんでいる朋美に声を掛ける。すでに服を脱いでしまったのか、部屋の隅に置かれたスツールの上には、スカートとキャミソールが折り畳まれ、ストラップレスのブラジャーにピンク色のショーツが載せられていた。

「あら、私も浴びていいの？」

「え？」

「だって、江口君は……そのままのほうが好きじゃなかった？」

こちらの内面を見透かすように、朋美はしたり顔で尋ねてくる。

（あいつ、そんなことまで喋《しゃべ》りやがったのか）

どうやら元彼女《モトカノ》は、少々倒錯した自分の性的嗜好《しこう》まで朋美にばらしているらしい。

「石鹸《せっけん》の香りより、女の匂いが好きなんでしょう、ん？　ちょっと汗を掻《か》いていたほうが燃えるんだってね。あと、それに……こういう格好にも」

無言で小さく肩をすくめた隆司に、にんまり頬を緩《ゆる》めると、朋美はもったいぶった仕草で上掛けを捲《まく》り返していった。

「おっ、おおぉ……」

露わにされた女体を前に、感嘆の溜息を漏《も》らす。

朋美はフェチ男の嗜好を満たすべく、裸身にパンティストッキング一枚だけを穿《は》いた姿を披露《ひろう》してくれたのだから。

(こりゃあ、感謝しなけりゃいけないな。ありがとうよ、悦っちゃん)

別れた彼氏のことを変態男だと馬鹿にしていようが構わない。悦子のお喋りがあったからこそ、朋美は今自分好みの媚態《びたい》を振舞《ふるま》ってくれているのだから。

悦子を抱くときにはたいてい、パンティを穿かせずにパンスト一枚だけを着用させて本番に臨んでいた。分厚く蒸《む》れやすいパンストを直《じか》に穿かせ、昼間のデートを終えた後、じっとり汗に湿ったナイロンの美脚を堪能《たんのう》し、セックスに溺《おぼ》れたこともあっただろうか。

隆司はそんな元彼女との過去を脳裏に蘇らせながら、朋美の肢体を瞳に映した。

悦子もなかなか均整《きんせい》が取れたプロポーションで、歪みなくスラリと伸びた美脚もケチのつけようがなかったが、朋美の美しさには遠く及ばない。百六十センチを優に越える上背に、手足の長さも欧米人並みで、乳房もなかなか実り豊かだった。

「フフフ、気に入ったみたいだねぇ……いいんだよ、パンストを穿いたまま、アソコのところだけ破って入れても」

「あ、ああ……まあ、そういうことなら」

すでにフェティッシュな性癖を知られているのなら遠慮することはない。

隆司は下腹部を覆《おお》ったバスタオルを剝ぎ取り、いきり勃《た》った肉竿を露わにした。

「うわぁ、すごーい」

完全勃起で屹立《きつりつ》したイチモツを前に、朋美も爛々《らんらん》と瞳を輝かせる。

ずる剝《む》けの肉エラも、何本もの青筋を浮かばせた極太の竿も、まさに肉の凶器と言って違《たが》わない逞《たくま》しさだった。

「さあて、と……」

自慢げに怒張《どちょう》をひけらかしながら、ベッドに身を乗せる隆司。

パンストの美脚をこじ開け、胸を合わせるように女体を抱きしめる。挨拶《あいさつ》代《が》わりのディープキスで丹念《たんねん》に舌を交じらせ、首筋から肩口へ唾液《だえき》を塗りつけてゆく。

（違うよな、女って、ひとりひとりが……）

発情した女体から漂う体臭に、うっとりと嗅《か》ぎ惚《ほ》れながら思う。

フェロモンが溶《と》け出した牝《めす》の芳香は、女それぞれ個性豊かな演出で男を喜ばせてくれる。甘ったるいオードトワレに香りづけされた朋美だけの体臭も、眩暈を覚えるほどに誘惑的で、元モデルのイメージ通りの媚臭《びしゅう》だった。

（慌てるなって、じっくり味わってからだ）

今すぐ交わりたいと、先汁をちびらせる「息子」をなだめつつ、乳房を柔らかく揉んでゆく。硬くしこってきた乳首をしゃぶり、引き締まった下腹部にキスを繰《く》り返し、パンストに透《す》けた恥毛を舐《な》めまわす。

「はぁ……んぅ、ふぅぅ、あんっ」

感じやすい体質なのか、男を興奮させるための演出なのかは知れないが、朋美はときおり愛らしい嬌声《きょうせい》を漏《も》らし、ピクッ、ピクピクッと女体を震わせる。

蒸れた股座からはムンムンと牝の淫臭が立ち昇り、ことさら匂いフェチを欲情させた。

「んうぅ、あぁぁ、んちゅ、んぢゅっ！」

辛抱堪《たま》らないとばかりに、股座に顔を埋めこむ。両手で膝の裏を押さえつけるようにして、大股開きの破廉恥《はれんち》な体位で恥部《ちぶ》を露わにし、牝の原液にふやけた女肉にしゃぶりつく。

引き締め効果があるサポートパンストに潰《つぶ》され、小振りなラビアは赤貝の刺身のごとき形で平たくひしゃげている。センターの縫い目がクレヴァスに深く食い込んでいる有様《ありさま》もやたらと淫靡《いんび》だった。

ザラ、ジュル……ザララ、ジュルルル……。

ナイロン皮膚を削《そ》ぎ取らんばかりに秘唇を舐《な》めまわす。クリトリスを重点的に刺激すれば、甘酸っぱい愛液が蕾《つぼみ》から溢《あふ》れ出し、薄いメッシュの表面にジュクジュクと滲《にじ》んでくる。

「あぁん、もう……もうダメェ、早くぅ、早くして、中に来てえぇ」

「ああ、今さ、今すぐにっ！」

濃厚なフェロモンのエキスを味わわされ、こちらとて交尾の欲求が耐え切れない。

隆司はベリベリとナイロン皮膜を引き裂き、女蜜を湛《たた》えた蕾めがけて肉杭を打ちこんだ。

「んおおっ！」

久しぶりのセックスに、蕩《とろ》けた生粘膜の快感に雄叫《おたけ》びをあげる。

「んいいぃ、いっ、いいっ！」

同時に朋美もよがり啼《な》いた。真ん丸く朱唇を広げ、小鼻をプックリ膨らませ、美顔が台無しの淫乱顔で全身を戦慄《わなな》かせる。

「ん、んっ！　は、はっ！」

巨根を一気に根元までぶちこみ、間髪入れずピストンを開始する。小麦色のコンパスを胸に抱き、ベッドマットが波打つほどの荒々しさで膣底を叩きのめす。

「んひっ、ひいいぃ……あ、あうっ、すっ、凄い、凄ひいぃ！」

両手でシーツを掻《か》き毟《むし》り、セミロングの黒髪を振り乱す朋美。ときおり息を詰まらせ、細い喉に無数の静脈を浮かばせて、肉棒をグイグイと締めつけてくる。

「くっ、おおぉ……いいぞ、もっとだ！　こうやって、もっと！」

ますます旨《うま》みを増してくる牝壺に狂喜して腰を躍らせる隆司。

肩に乗せていた足首を摑み、枕の左右に押しつける。女性器丸出しの「マングリ返し」のポーズに仕立てあげ、体重を乗せて真上から、怒濤《どとう》のごとき連打で子宮を打ちのめす。

女体が鞠《まり》のようにベッドで弾む。朋美の意志とは関係なしに、自ら肉棒に喰らいついてしまう。

「きひぃぃ……こ、これいいっ、い……くっ、イク、イグイグッ！」

二倍の摩擦《まさつ》で媚肉を抉《えぐ》られ、女体は堪《たま》らず音をあげる。アクメの波に膣内が充血し、肉襞がピクピク痙攣《けいれん》し、精を吸い出すように妖しく蠢《うごめ》いてくる。

「くあっ、い、いいっ！　イクぞ……俺も、俺もっ！」

クライマックスに向かってピストンを加速させる。射精の寸前で男根を抜き取り、顔面めがけてドバッと一番搾《しぼ》りをぶちまける。

もちろん一度だけでは終わらない。

隆司は絶頂に痙攣している朋美をうつ伏せにすると、尻の谷間をこじ開けて、本気汁にぬかるんだ膣にふたたび怒張をぶちこんだ。

「はへひぃ！　だ、ダメ、だへぇ……ま、まだ……ん、んんっ！」

「おら、おらっ！」

バスン、バスンッと下腹を美臀《びでん》に叩きつけ、容赦なく肉壺を掘削《くっさく》する。性器をガッチリ繋げたまま、次々に体位を変えて、片時も休むことなく交尾に溺れこむ。

そして、二時間あまりが過ぎ、最後のザーメンを涎《よだれ》のように、ストッキングの美脚に滴らせると、隆司は白目を剝いて失神している朋美の隣にばったりと突っ伏した。

(今日だけ、一回限りってことはないよな)

甘美な余韻《よいん》に浸りつつ思う。弱みにつけこむつもりはないが、須永との関係を清算し、自分と交際してもらえないだろうかと……。

やがて、十分ほどしただろうか。

朋美はようやく意識を取り戻し、虚ろな眼差しで天井を見上げながら、セックスの感想を口にした。

「何だか、凄かった。私、こんなに良かったの初めて」

「ああ、俺も……」

いとおしげに胸にかじりついてくる朋美を優しく抱きしめると、隆司は睦言《むつごと》を囁《ささや》くように耳元で呟いた。

「もちろん俺は黙っているけど、でも、別れたほうがいいよ。部長とは」

「まあ、かもね。でも、姉さんだって旦那のことは責められないのよ」

「……どういうこと？」

俺と付き合わないかと、先の台詞を紡ごうとした隆司は、すかさず返された朋美の言葉にはたと首を傾げた。

「実は私、知ってるのよね。姉さんも浮気してること……兼田透《かねたとおる》って男。大学時代の彼よ」

「……………」

「それと、もうひとついいこと教えてあげようか。姉さん、江口君に興味があるみたいよ。この前会ったとき、江口君のこと色々聞かれたんだから」

「お、俺のことを？」

予期せぬ言葉に胸をドキリとさせる。詳しい話を求めるように、朋美の瞳をじっと見つめ返す。

「フフフ、江口君も姉さんに興味があるんでしょう？　旦那さんを送ってあげたとき、いっつもじろじろ見ているみたいじゃない。女って敏感なのよ、男の視線にはね」

「そ、それは……だけど」

「けどじゃないの。しちゃいなさいよ」

「ちょ、ちょっと待ってくれよ。するって、まさか、そんな……」

「大丈夫よ。姉さんのことなら、妹の私が一番良く知っているんだから」

いったい何を考えているのか、朋美はこそこそと悪巧みを耳打ちしてくる。

瑠美の弱点を、犯すための姦計《かんけい》を……。

4

週が明けた月曜日、昼下がりのことだった。隆司は営業の外回りに出ると偽って、須永邸を訪れていた。

土曜日の報告はすでに済ませており、瑠美も納得している。今日は新たな事実が判明したとの口実で、時間を取ってもらったのだ。

「あの、それで、分かったことっていったい何ですか？」

リビングに隆司を招き入れ、珈琲をテーブルに差し出すと、瑠美はいくぶん緊張した面持ちで話を促した。

「ええ、実は、部長の浮気に関することではなくて……奥さん自身の話なんですが」

「私の？」

「奥さんが浮気をしていると……名前は確か、兼田透と聞きましたが」

「ど、どうしてそれを……あの、それは、ち、違うんです、私は……」

狼狽を露わにして、虚ろな眼差しを宙に彷徨《さまよ》わせながら、瑠美は必死に言い訳を探し求める。

その態度を見れば真偽のほどを確かめるまでもない。

「……だ、誰から、そのことを？」

名前まで知られていては隠しようもないと観念したのだろう。瑠美はあらためて情報の出所を尋ねてくる。

「答える必要はないでしょう」

「…………」

真一文字に口を閉ざし、しゅんと項垂《うなだ》れる瑠美。迷子になった子供のように不安げな面持ちで、こちらの出方を窺うようにチラチラと視線を向けてくる。

（本当に、大丈夫なのか？）

瑠美の瞳をじっと見つめながら、隆司はしばし考えこんだ。

とにかく強引に、抵抗されても怯《ひる》まずに、力ずくで犯してしまえばいいと朋美から吹き込まれている。瑠美には少々被虐《ひぎゃく》的な欲求があり、少女時代からレイプ願望を持っているとも聞かされていた。

もちろん、真実かどうかなど知り得る術はない。だが、こうして弱みを握られた美人妻の、何とも情けない態度を前にしていると、朋美の言葉は信じられると、そんな気分になってくる。

どちらにせよ、今さら後には退《ひ》けない。すでに一晩悩みに悩み、今日は覚悟を決めて家を訪れたはずだ。何より自分は瑠美の決定的な弱みを握っている。レイプ被害など訴えられるわけがない。

隆司は自らの心を強く後押しすると、ソファーから静かに腰を上げ、テーブルを押し退けるようにして瑠美の前に立った。

「あ、あの？」

「いけない女だ、奥さんは」

ドスを利かせた声で言ってのけ、瑠美に覆い被《かぶ》さるようにソファーの座面に押し倒す。

「キャッ！」

「まったく白々しい女だな。自分が浮気をしていて、旦那の浮気を調べるなんて」

女体に馬乗りになり、ブラウスを引き裂く。豪華なブラジャーに飾られた乳房は、予想を遥《はる》かに上回るボリュームだった。

「いやっ……こ、こんな、いけませんっ！」

「いけないのは奥さんだぜ」

まるで陳腐なアダルトビデオにでもありそうな展開だが、もはや躊躇《ためら》いなど覚えない。

隆司は自らが頭の中で描いていた台本通りに陵辱《りようじよく》の舞台を進めていった。

「僕はずっと、奥さんに憧れていたんです」

ブラジャーを毟り取り、露わになった巨乳を鷲摑《わしづか》みに握り潰す。強引に唇を重ね合わせ、ロングスカートの内側に手のひらを滑り込ませる。

先ほど買い物から帰ってきたばかりだと言っていたが、ベージュ色のストッキングに包まれた太腿はほんのり汗の湿りを帯びて、その奥にある秘部は熱いほどの火照《ほて》りを感じさせた。

「あぁ……だ、だめぇ……ダメですからぁ」

「さあ、奥さん……してくれますよね」

男の力に屈服し、無駄な抵抗を諦めた瑠美を解放すると、隆司はソファーの前で仁王立ちになり、スラックスの中から怒張した男根を探り出した。

「フェラを、さあ」

「あぁぁ……で、でも……」

「早くするんだっ!」

「はっ、はひっ」

怒声にビクンッと身を跳ね起こすと、瑠美は巨乳を露わにしたまま肉棒に舌を這わせてくる。

「んぅ……あ、あぁ……んちゅ、ちゅっ」

おずおずと竿を握り締め、裏筋に舌を這わせて、隅々まで丹念に唾液を塗りつける瑠美。嫌がっていた割りに、ずいぶんと熱心なフェラチオで美味《うま》そうに男根を愛しはじめる。

「んぽっ……んむぅ……ふぅ、んんぅ」

鈴口に滲んだ先汁が舌先でペロリとしゃくられ、赤剝けた肉エラがパックリと口に含まれる。

「そう、奥まで入れて、たっぷりと……くっ！　おっ、おおうっ！」

こちらから命ずるまでもなく、瑠美はズルッ、ズルズルッと巨根を根元まで咥《くわ》えこみ、すかさず頭を前後に揺すってくる。さらには喉まで使って陰茎をしゃぶり倒し、手のひらでやわやわと睾丸を弄《もてあそ》び、絶えず上目遣いの眼差しを投げ掛けながら、強烈なバキュームで尿道を啜ってくる。

夫に躾《しつ》けられたのか、浮気相手に仕込まれたのかは知れないが、物凄いフェラチオのテクニックだった。

「くぅ、んんぅ……いっ、いいよ、すごく気持ちいいよ、奥さん」

前立腺を痺《しび》れさせ、ときおり射精感に見舞われつつも、隆司は自ら腰を使い、瑠美の口内に怒張をうがちこんだ。

「むぐっ！　ん、んんっ……んぢゅぢゅっ」

「くおぉ、そ、そうだ！」

ギュギュッと朱唇が引き締められ、雁首に責めが集中される。憧れの美人妻に尽くされている光景も刺激的で、すぐさま感極まってしまう。

「で、出るっ、出すぞ……呑んで、全部呑むんだっ！」

頭を両手で押さえつけ、イマラチオで激しく腰を躍らせると、隆司は大量の一番汁を瑠美の口内に吐瀉《としゃ》した。

「んぶぅ……んご、んごぉ、ん、んん」

細い喉を波打たせ、隆司に命じられたまま濃厚な白濁を呑み下す瑠美。自らの手で尿道をしごき、残りの一滴まで丹念に啜りあげる。

「……ふぅ、さあ次は、分かってるよな？　四つん這いになって、尻をこっちに」

射精を終えてなお、見事に勃起したままの肉竿をブラブラとさせ、顎の先を軽く持ち上げて瑠美を促す。

「……は、はい」

いまだ微かな躊躇いを窺わせながらも、瑠美は言われるがままに、フローリングの床で四つん這いになった。

（思った通り、いいケツしてるな）

ロングのスカートを腰まで捲り上げ、純白のTバックが食い込んだヒップをいやらしく撫でまわす。

妹よりふた回りは大きいだろう、見事に肉づいた美臀はいかにも抱き心地が良さそうだ。透き通った白い肌にベージュ色のパンストもよく似合っている。

隆司は尻の谷間に顔面を埋め、熟れた女の恥臭を存分に嗅《か》ぎまくると、パンストを引き千切り、Tバックのクロッチを脇にずらした。

やにわに瞳に映りこんだ光景に愕然とする。

陰唇がビロンッとはみ出し、白んだ肉汁がドロドロと太腿に滴り落ちたではないか。男に無理矢理イチモツをしゃぶらされ、精液を嚥下《えんか》して興奮したのだろうか。それにしても物凄い濡れざまである。

「何だよ、瑠美さん……もうグチョグチョに濡れてるじゃないか」

「いやぁ……い、言わないでぇ」

「旦那だけじゃ満足できないってわけか。まったく、貞淑そうな顔をして……」

根はド助平で淫乱なんだなと、最後まで言葉を告げるより先に、隆司はズブンッと巨根を穿《うが》ちこんだ。

「んひーっ！」

辺りの空気を震わすほどの淫声を響かせる瑠美。すかさず腰を動かし、早く抉って欲しいと訴えるようにバスン、バスンッと巨尻を下腹に叩きつけてくる。

「うっ！　おおっ！」

隆司は思わずヒップを押さえ込んだ。

肉襞がうねるように亀頭にへばりつき、二段にも三段にも陰茎がくびられて、いきなり射精感に襲われてしまう。

隆司にとっては初めて体験する名器の味わいだった。

「う……ううっ……」

懸命に噴出を堪《こら》えながら、ゆったり男根を抽送《ちゆうそう》させる。

吸いつくような蜜壺の味わいだった。蠢《うごめ》く粘膜に竿の至る所がしゃぶられて、少しでも気を緩めれば暴発してしまいそうだ。

しかし、快楽をいなすことなど許されなかった。瑠美はもどかしいとばかりに腰を振り、巨乳をゆさゆさと揺らめかせ、肉竿に喰らいついてくる。

「うぅ、あっ、ああっ！」

辛抱しきれずに、白濁を噴出させる隆司。

頭の天辺にまで突き抜けるほどの快感にカクンッと腰が抜け落ち、仰《の》け反《ぞ》るように床に倒れこむ。

「いやぁん、抜いちゃダメぇ……して、もっとして、もっと欲しいのぉ」

仰向《あおむ》けに身を投げ出し、自ら両脚を抱え上げると、瑠美は赤子がオシメを取り替えてもらうような体位で二回戦をねだった。

「ったく……どうしようもない淫乱だなっ！」

清楚《せいそ》な印象とはかけ離れた本性に失笑しながらも、隆司は尻の穴に気合を入れて、ググッと男根をしならせた。

「どう、だっ！」

グサッと真上から膣穴を串刺しにする。

巨乳を思い切り搾りあげ、子宮を滅茶苦茶に乱打する。

「そおぉ、そほぉ！　もっとして、もっとハメて、ハメ殺ちでーっ！」

「おら、おらっ、どうだ、どうだっ！」

望まれるままにハメまくる。突けば突くほどに旨味を増してくる女盛りの熟壺に狂喜して、瑠美とのセックスに溺れこむ。

元モデルの妹ばかりでなく、類稀《たぐいまれ》な名器を持った上司の美人妻と交われる、自分に与えられた幸運を嚙《か》み締めながら……。

(男ってほんと、単純よね)

リビングで姉とハメ狂っている隆司を扉の隙間から眺めつつ、朋美は呆《あき》れがちに鼻を鳴らした。

隆司本人は楽しんでいるつもりだろうが、これから彼は私たち姉妹の肉奴隷になる。ただ性欲を満たすためだけの生きたディルドーに……。

須永の浮気話などでっちあげだ。もちろん瑠美も浮気などしていない。多淫症の妻の相手にほとほと疲れ果て、須永自身が考え出したことなのだから。

出会い系で使い捨ての男を拾うアイデアもあったらしいが、昨今は物騒な世の中である。余計なトラブルになっても不味《まず》かろうと、直属の部下である隆司に白羽の矢が立てられたというわけだ。

瑠美も隆司の容姿を気に入ったらしく、前からそれとなく誘惑を試みていたらしいが、上司の妻にはさすがに手を出しづらいのか、彼は一向にその気を見せようとはしなかった。彼女の存在も浮気を躊躇《ためら》わせていた一因になっていたのだろう。

そこで今回、少々手の込んだ罠《わな》を仕掛けた。

実のところ朋美は夫の浮気相手に成りすまし、姉の浮気をばらすことが役目で、ホテルの出来事までは筋書きになかったが、前々から隆司には興味を持っており、どうせならばと摘《つま》み食いをした。

だが、一度限りで終わりにしようとは思っていない。あれほど気をやったのは初めてだ。この際、自分が飽きるまで楽しませてもらうことにしよう。上司の妻と交わった弱みを握っているのだから、決して嫌とは言わせない。

(そうそう、写真を撮っておかないと)

携帯電話を足元のバッグから取り出すと、朋美は浮気現場の証拠をカメラに収めた。

別れ際に必要になると須永から頼まれ、今日はこうして自宅に出向いたのだが、このまま帰るのもつまらない。

瑠美の次は私の相手をしてもらうとしよう。

勃たなくても勃たせてやる。須永が常用していた秘薬を使ってでも……。

裸足《はだし》の聖女

北原双治

著者・北原双治《きたはらそうじ》

一九五〇年、北海道生まれ。週刊誌のフリーライターなど、さまざまな職業を経て八四年、官能小説大賞を受賞して作家生活に入る。『狂悦の時間』などの官能小説の他、時代伝奇小説も手がけ、武術にも造詣が深く、次々と著作を成す。

1

駆《か》け足で改札を抜けたが、もう列になっていた。十一番目くらいか。やれやれとおもいながら、森瀬悟《もりせさとる》はスーツのポケットから毛糸の耳かけを取り出し頭に着けた。勤務するスポーツ用具店の仕事の関係で、ラグビーの試合場へ出向いたときに耳を凍傷して以来、ヘアバンドタイプの耳かけを常に持ち歩いていた。

すぐに彼の後にも、列ができる。

近郊にマンモス団地があり、終電が近くなるとタクシー乗り場に列ができるのだ。いずれも飲み会帰りの客だろう。彼も同じで、少し酔っていたせいか、さほど待たされた感じもしないうちに、彼の番がきていた。なにかツイているとおもいながら、森瀬はタクシーに乗り弾《はず》んだ声で行き先を告げた。その直後、閉じかけたタクシーのドアが開き、若い女が乗り込んでくる。

「間に合って、良かったぁ。必死だったのよ……」

息を乱しながら言い、親しそうに微笑《ほほえ》む。

見覚えのない顔で、啞然《あぜん》としながらも森瀬は押しやられるように尻をずらしていた。空いたシートに、女が座りドアが閉まる。

むろん、こんな経験は初めてのことだ。

彼は驚き運転手を見たが、なにも言わずにもうタクシーを発進させていた。森瀬は慌てなにか言おうとしたが、言葉が出てこない。

呆気《あっけ》にとられたり驚愕すると、人は口を開けたままで声すら出せないというが、まさにそれだった。

〈な、なんだよお。……〉

唖然となりながらも、森瀬は身構え女を睨《にら》みつけた。

街灯に照らされた車内に、色白の美しい女の顔が浮かんでいた。髪をサイドに引詰《ひっつ》めにしたほっそりとした顔だちで、瞳が大きく柔らかそうな唇をしている。鼻筋もくっきりとおり、大きな瞳のわりには切れ長の目許《めもと》は涼やかで、化粧をしているふうには見えなかった。そして、ダッフルコートに包まれた体は華奢《きゃしゃ》な様子で、女のどこからも毒々しさやふてぶてしさは感じられなかった。

森瀬は安堵を覚え、小さく息をつくと身構えていた体を緩めた。

「覚えていますぅ、……ほら、アケオメ。ふふっ」

「おっ、……あのときの、彼女なの」

旧知の仲のような顔で彼女が言った刹那《せつな》、森瀬は目を見張り驚きの声で訊《き》いていた。

「こんなところで、会えるとはおもわなかったわ。ふふっ、でも助かったぁ」

嬉しそうに言い大きく吐息をつくと、彼が言葉を発する前に女はシートに凭《もた》れ目を瞑《つぶ》っていた。

〈本当だぜ、……しかし、あのときの彼女とはおもえんな。ん、……まさか、おれに関心があるわけじゃないだろうな〉

茶色のダッフルコートの胸を上下させ息をついている女の顔を見つめながら、森瀬は口中で呟《つぶや》いていた。

そして、彼に全く警戒した様子も見せないばかりか、先のことはお任せしますといった感じの彼女を目にし、森瀬は服を脱いだ女の体を想像し、妖しい匂いを漂わせながら抱きついてくる姿を、脳裏に描いていた。

女と最初に出会ったのは、文字通り日付が変わり新年を迎えたすぐだった。急に炭酸飲料を飲みたくなり、コンビニへ買いに出たのだが、レジの前で三人のコギャルふうというか、山姥《やまんば》メイクの娘たちと一緒になった。まだこんなけばい女がいるのかと呆《あき》れ露骨な視線を注ぎながらも、彼女たちから漂ってくる化粧の匂いを、森瀬は渇望したように嗅《か》いでいた。そんな彼の関心を察知したのか、先に店を出て待っていた山姥メイクの娘の一人が『アケオメ』と大声で言い、彼に手を振ってくれた。四十歳になる中年男の彼にも、それが新年の挨拶《あいさつ》の言葉だと理解でき、森瀬は反射的に同じ短縮言葉で応え、手を振っていた。

それだけの出会いだったが、コギャルの言葉に即応し挨拶できた自分がなにか誇らしくおもえ、清々《すがすが》しい気持ちで部屋へ引き返したのを覚えていた。

そのときの山姥メイクの娘が、いま彼の隣に座っている。まさに、奇遇というしかない。しかも、普通の神経では考えられないような大胆さで、彼が捕まえたタクシーへ乗り込んで来て、だ。おそらく、彼のしている耳かけを見て、彼女はあのとき新年の挨拶を交わした男だと判ったに、違いない。そして、山姥メイクでないのにもかかわらず、大胆行為に出たのだろう。いずれにしても、素顔というか、それが普段の彼女の顔であり、その都会的な顔だちとともに、日常の彼女はごく普通の地味な生活をしているに違いないと、好感をもった。

そして、いろんなことを訊きたかったが、彼女は眠ったようにシートへ凭れたままであり、運転手の存在も気になったので、森瀬は声をかけることができなかった。

それでも、経緯はどうあれ駆け込んで来た彼女を助けた形になるわけで、アケオメの挨拶に即応できたときと同じく、大人の対応で接することができた自分を誇らしくおもった。

そのまま、言葉を交わさないうちに、タクシーは告げた交差点に到着していた。

どうしたものかと迷いながら、彼が札を出し釣り銭を待っている間に、開いたドアから彼女は降りていた。

「悪いけど、トイレを貸してくれますぅ」

「古ぼけたアパートなんだけど、……」

悪びれた様子もなく頼んでくる彼女に、おもわず苦笑しながら答えかけた森瀬は、彼女が素足で立っているのに気づき、唖然とする。

「靴はどうしたんだよ、……タクシーの中かい」

慌てて訊いたが、既にタクシーは走り去っていた。

「履《は》いてる暇が、なかったの。このくらい、平気ですぅ」

「しかし、裸足とは……まさか、男から逃げてきたとか」

「女よ、ふふっ」

屈託なく笑い、ダッフルコートの前を両手で押さえ、ガマンできないといったふうに彼をうながす。

〈この女、だいじょうぶかよお。……〉

たじろぎを覚えながらも、森瀬は路地を入って直《す》ぐのアパートの部屋へ彼女を連れて行った。

2

水洗音がし、ほどなくダッフルコートを両手で前に抱えた矢内里美《やうちさとみ》が出てくる。

名前を知ったのは鍵を開けているときに、彼の表札を声に出して読み上げた彼女が、そのあと自ら呟くように口にしたからだ。

茄子紺のブラとパンティが一体となった下着一枚しか、彼女は身に着けていなかった。そのレースの施された美しい下着に、一瞬、目を見張ったものの、さほど森瀬は驚かなかった。裸足で逃げ走ってきたくらいだから、もしかして、ダッフルの下は全裸かも知れないと、妄想していたのだ。

とはいえ、独り暮らしの彼の許へ若い女が現れたばかりか、部屋で自ら下着姿を晒《さら》したのだ。やはり、森瀬は言葉が出てこなかった。

「足、洗わせてもらっていいかしら」

うなずき浴室を目で示すと、コートを置き矢内里美が下着姿で入って行く。

ハイレグの深い切り込みのそれで、すらりと伸びた白い脚は美しく、ワンピース型の下着も、妻の麻智子《まちこ》がもっていた下着のカタログで目にしたことがあったが、本物を生身の女性が着けているのを見たのは初めてだ。細身で肌の白い彼女に、申し分のないほど似合っており、森瀬は感嘆しながら見入ったものの、一瞬にして彼女は浴室へ消えていた。

森瀬は手早くスポーツタオルにウエアの上下と新品の靴下を、ロッカー箪笥《たんす》から出し炬《こ》燵《たつ》の上に用意した。むろん、男物だ。

独りで住みはじめて半年で、家具は揃《そろ》っていなかったが、勤務先からウエアの類《たぐい》はいくらでも調達できたので数だけはあった。

彼女がなかなか出て来ないので、もしやとおもいながらも森瀬は冷蔵庫からコーンスープを出し、鍋で温めた。

案《あん》の定《じょう》、浴室から出てきた彼女は全裸だった。真っ先に下腹の陰毛へ、彼は目を向けていた。面積は狭かったが、黒く艶のある縮《ちぢ》れ毛が鮮やかに密生していた。そんな彼の視線を気にすることなく、上向いた程よい形の乳房を晒したまま、矢内里美が炬燵の上のスポーツタオルを取り、濡れた体を拭《ぬぐ》う。

「あんまり、刺激しないでくれよ」

言いながら、マグカップに注いだスープを炬燵に運ぶ。

「あら、そのつもりでシャワーを浴びてきたんですもの。お礼をしなきゃあ、いけないでしょう。ふふっ」

悪戯《いたずら》っぽく微笑み、カップを炬燵に置いたばかりの彼へ抱きついてくる。

そして、熱い息を吐きながら、彼の唇に唇を重ねてくる。戸惑いながらも、森瀬は唇を吸ってくる彼女の首に腕を回し、強く吸い返した。微かに喘ぎ、矢内里美が舌を彼の口中へ挿し入れてくる。ねっとりとした舌が彼の舌に絡み、くねる。ズボンの中でペニスが、たちまち勃起していた。

森瀬は迷うことなく彼女を抱えあげ襖を開けると、六畳間へ敷きっぱなしの布団の上へ彼女を運び、横たえた。そしてワイシャツを脱ぎかけて、ドアをロックしていないことを思い出す。トイレを終えたら、すぐに彼女は帰るだろうし、淡い期待こそ抱いたものの、こんなふうに発展するとは考えていなかったのだ。なんだか勢いを潰《つぶ》すようで嫌だったが、彼女は裸足で逃げてきている。女からだと言うが分かったものではない。なによりも、展開が良すぎる。手順を踏むどころか、彼女の方から体を差し出してきているのだ。いつ、屈強な男が飛び込んで来ないとも、限らない。

森瀬は玄関へ出てロックし、ドアチェーンをかけた。

やはり勢いを削《そ》いでしまったらしく、彼女は起きて横座りしていた。

「ひょっとして、女に逃げられたことあるんですかぁ」

「ん、……似たようなもんだな。女房と、別居中だからね。パートに出て一カ月もしないうちに、男をつくっちまったんだ。それで、こっちはアパート住まいってわけ」

シャツを脱ぎ捨てながら言ったが、すぐに余計なことをと後悔した。

「やっぱり、ね。独りで住んでいるのは想像がついたけど、ほら深夜にコンビニに来てたでしょう。けど、どことなく独身って感じ、なかったから。……勇気があるのね」

「おれが、かい。なんで、……」

「森瀬さんも、奥さんもよ。ふふっ」

反問したかったが、なにか年齢のことを言われているようで消沈し、できなかった。

それでもズボンを脱ぎ、素っ裸になる。

待ち構えていたように、矢内里美が腰を引き寄せ萎《な》えかけたペニスへ唇を被《かぶ》せてくる。すぐに、すっぽりとペニスが矢内里美の口中にくわえこまれる。そして、音を立て舌を蠢《うごめ》かせてくる。彼の腰に両手を添え、一心不乱に奉仕してくる彼女を目にし、森瀬は涙が滲《にじ》んでくるのを堪《こら》えた。

妻の麻智子の裏切りを知ってから、涙脆《もろ》くなっている。

二人の息子がそれぞれ進学したのを機に、働きたいと妻が言ってきたのを、森瀬は渋々ながら認めるしかなかった。そして、世間で喧伝されているとおりの浮気妻というかよろめき妻の展開で、若い男と妻は懇《ねんご》ろになり、彼がマンションを出る羽目になったのだ。

二人は学生結婚で、当然のように親に反対され、駆け落ちしていた。そして、子供ができた前後に親との仲を修復し、義父からマンションを譲り受けるまでになっていた。

そんな経緯もあり、麻智子を追い出すことはできず、彼が自分の意志でアパートを借り独り住まいをはじめたのだ。夫婦仲はともかく、なによりも駆け落ちまでした彼女が、裏切るとは微塵も考えたことがなく、その衝撃が彼を別居という行動に駆り立てた。すんなり、離婚とならなかったのは麻智子が、正当な理由もなく頑《かたくな》に拒《こば》んだからだ。だが、顔を合わせれば、若い男に股を開いている姿が浮かび、耐えられなかった。それで、森瀬はマンションを出た。

そして、侘《わび》しい正月を送り、このまま老けてしまうのではと案じていたとき、彼女に遭遇したのだ。

その矢内里美が一心に、彼のペニスを頬張り尽くしてくれている。森瀬は彼女が天使のような姿に見えた。

3

矢内里美の片手が彼の股間から通され、尻を抱えてくる。むろん、フェラチオを続けたままで、だ。腰が引きつけられ、深くペニスが彼女の口に飲み込まれる。喉まで潜ったのか蕩けるような感触に、森瀬は慌てて腰を引き彼女を布団の上に押し倒した。

そのまま、彼女の脚の間に腹這《ば》いになる。

露《あらわ》になった女性器は薄く口を開け、潤《うる》みを光らせていた。細身の体の割には肉厚のそれで、小陰唇も形良くはみ出していた。

覗《のぞ》き込む彼を気づかったのか、矢内里美が脚を静かに拡げ、そのまま両の膝を立てる。溝が拡がり、彼の息に反応したように女の突起が露出する。森瀬は正座したまま体を折り曲げ、晒された女性器に顔を埋めた。いい匂いが鼻腔に拡がる。舌を伸ばし、粘膜に這わせる。

「ふぁ～うう、……ハぁーん」

声を喘がせ、矢内里美が太腿を震わせる。

意を強くし、森瀬は潤みに濡れた舌でクリトリスを刺激した。彼女の口から続けて声が洩《も》れ、白い肌がほんのりと染まってくる。乳房は仰臥しているのに、弛《たる》んだ感じはなく、むろん、乳首は突起していた。その乳房の谷間の向こうに覗く彼女の顔は、口を半開きにし、うっとりといったふうに目を閉じている。まさに、天使の顔だと、おもった。クリトリスを舐めながら、森瀬は両手を伸ばし乳房を捉えた。矢内里美が呻き、応えるように彼の頭を抱え込んでくる。乳房は弾力があり、若さを示すように彼の掌を押し返してくる。

こんな感触を味わうのは、いや、記憶にないような気がした。

「アんーっ、……いいの、きてぇ」

尻を浮かせ、彼女が震える声でうながしてくる。

森瀬は這い上がり、乳房に顔を埋め左右の乳首を唇と舌で刺激した。そして、腰が疼《うず》くような昂《たかぶ》りを覚えながら、矢内里美の中へペニスを潜らせた。滑らかに、潤みに包まれた膣襞の中へペニスが根元まで潜る。

すぐに矢内里美が両手で彼の背を抱えてくる。森瀬は肘で体を支えながら、彼女の唇へキスする。鋭く矢内里美が吸い返してくる。体を密着させ、胸で乳房を圧するようにし、森瀬は腰を動かした。

膣襞が彼の肉幹へまといつき、締めつけてくる。矢内里美が声を喘がせ、抱えた彼の背中に指を食い込ませてくる。

森瀬は腕で彼女の首を抱え込むと、膣襞をえぐるように抜き挿しをくわえた。接合部分から湿った音があがり、彼女の内部に溢れ出た潤みが、ペニスを熱く包み蕩かしてくる。まだ体を繋いで、数分も経っていないだろう。だが、もう彼は限界に達していた。

森瀬は深く腰を突き入れると、呻き彼女の膣襞の中で射液していた。

「なんか、ハマっちゃいそうな気がします」

体を滑らせ並んで仰向けになった彼へ、矢内里美が呟くように言う。

「ん、……僕にだったら、嬉しいけどね」

森瀬は向きを変え、確かめるように彼女の顔を見た。

同じように体を向け、矢内里美が昂りの余韻を残した潤んだ瞳で、彼を見つめてくる。

「森瀬さん、迷惑かしら。……」

「そんなことないさ、……ただ、信じられなくて。なんか、夢みたいで、さ」

「そうですよね、……別居はしているけど、奥さんはいるんですもの」

「それは問題ない。戻るつもりは、ないからね。それよりも、おれの歳、いくつだとおもっているんだい」

「年齢なんか、関係ないですよぉ。……けど、いきなりじゃあ男の人は誰だって、こんなふうに言われたら、びっくりしちゃいますよね。もっと、わたしのこと、確かめたいんでしょう。……森瀬さんの好きなように、抱いてください。わたし、どんなふうにされても平気ですから。そのかわり、今夜はここに泊めてもらってもいいですかぁ」

「もちろんだよ、ごらんの通りの独り住まいだ。何日だって、かまわない」

予期せぬ彼女の言葉に、森瀬は声を弾ませ答えていた。

願ってもない申し出であり、永遠にこのときが続いて欲しいと、おもった。彼女の言葉が本心からだとしても、それはいま現在のことであり、エクスタシーの余韻がそんな心境にさせたのであり、夜明けとともに気が変わり出て行ってしまうのではという恐れを、森瀬は拭えなかった。

そんな彼へ艶っぽく微笑み、矢内里美が体を起こしペニスへ舌を這わせてくる。回復への自信はなかったが、彼女の口に含まれ、吸引されるとともに、若者のように森瀬は勃起を取り戻していた。

「なんか、眠りたくないな。もったいなくて。シフト制で、明日は休みだから。里美さんは仕事とか、……平気かい」

好きに抱いていいと彼女に言われ、森瀬は二回目の交わりをバックで挑み、久しぶりに女体を堪能したこともあり、心地よい疲れの一方で、高揚していた。

「これでも、花屋さんの正規従業員なのよ。見えないでしょう、ふふっ。でも、……ぜんぜん、平気ですぅ」

なにか言おうとして一瞬口ごもったあと、顔を綻《ほころ》ばせ彼女が答える。

裸足で逃げて来たことと関係あるに違いないとおもったが、森瀬は口に出さずコーヒーを沸かしに台所へ立った。

一緒に温め直したスープとともに、スポーツウエアを着けた彼女と炬燵に入ってすすった。

そして、互いの勤務先のことを喋《しゃべ》り合い、矢内里美の部屋と勤める花屋が足立《あだち》区の綾瀬《あやせ》にあることを知り、意外におもう。彼のアパートと同じ東上《とうじょう》線の成増《なります》駅の近くだとばかりおもっていたからだ。だが、車に乗ればそれほど時間はかからないような気がした。そして、矢内里美が逃げて来たという、相手のマンションかなにかが近くにあるのだと、おもった。そのことを訊きたかったが、なにか彼女が嫌がっているようで森瀬は躊躇《ためら》った。でなければ、最初に矢内里美の方から、逃げてきた経緯を喋っていたはずだ。だが、彼女との今後を考えると無視はできなかった。

「よく、こっちへは遊びに来るのかい」

「遊んでいるふうに見られても、仕方ないですよね。……ね、複数の相手と同時に、したことありますぅ」

呟くように言ったあと、唐突に真顔で矢内里美が訊いてくる。

とたんに、山姥メイクの彼女の顔が脳裏に甦ってくる。

「僕は、ないよ」

「わたしも、まだないですけど。……ねえ一人の女に男四人が同時に挿入することって、可能だとおもいますかぁ。前と後ろに、ですけどぉ」

素っ気なく答えた彼に、やはり真顔で矢内里美が訊いてくる。

妄想すらしたこともないことをいきなり問われ、森瀬は動揺せずにはいられなかった。男同士の猥談でも絶対に話題にならないし、考えもつかないことだろう。少なくとも、彼の周囲の男たちは、誰も妄想したこともないはずだ。それを妙に真剣な顔で、当の女の矢内里美が口にしたのだ。

「誰かと、賭《か》けでもしたのかい」

「似たようなものですけど、……勝てば、抜けられるんですぅ」

「抜けられるって、……族、レディースにでも入ってるのかい」

やはり、アケオメのときの山姥メイクの矢内里美と一緒に居た女の子たちの顔を脳裏に浮かべながら、森瀬は訊いていた。

「そう、似たようなものですね。……」

「それで、どっちに賭けたの。ん、それで賭けに負けて、逃げてきたってわけかい。不可能に、決まっているじゃあないか」

「まだ、勝敗は決まってないんです。でも勝たないと、抜けられないから。やらないと、ならないんです。でないと、職場にも押しかけてきますから。……」

「やるって、まさか……里美さんが、かい」

「抜ける者は、四人の男と完遂して、はじめて認められるんですぅ。ね、わたしのこと、ずっとここに居てもいいって言ってくれたの、本当ですかぁ」

「もちろん、本当だよ。里美さんさえよければ、一緒に暮らしたいと思っているよ」

「わたしも、です。でも、抜けない限り、森瀬さんと暮らすことはできないんです」

予期せぬ形でその夜のうちに彼女のおもいを確認できたものの、森瀬は少しも喜べなかった。

障害が、あまりにも大きすぎる。

そんな掟《おきて》を作ったレディースというか、組織がどんな存在なのか、矢内里美に訊いたが知らない方がいいと言って、彼女は教えてくれなかった。そして、それを体験したフランスの女優だかなにかの告白記を、仲間の誰かが読み、抜けるときの掟に決めたことを話してくれた。

「そんな女性が、本当にいるのかい」

「バックポーズをとった女に、四人の男が東西南北から、同時に挿入するんですって。数分しか、女性は耐えられなかったみたいですけど、……」

組体操かなにかの手順を説明するみたいに、矢内里美が平然と言う。

前後左右ではなく、東西南北から挿入という言葉がなにか生々しく響き、森瀬は逼迫《ひっぱく》の状況とは裏腹に、ペニスが勃起してくるのを覚えた。

そして、その東西南北から絡み合う男女の姿を想像してみた。二人までは容易に想像できたが、さらに二人が加わるとなると、到底困難な気がした。

「考えられないよ、……」

「はじめに、アソコに二人の男が挿入し、そのあと後ろにも、二人がかりでやって、慣らすみたいなんです。そして、四人がかりで同時に、二つの穴へ挿入するんですぅ」

「体操の選手かなにかだったら、できるのかもな。……でも、里美さんがなんて、絶対に承知できないよ」

「女優さんよりも、わたし花屋で肉体労働しているんですもの。耐えられるとおもいますぅ」

「そんなこと、言っているんじゃあないよ。分かるだろう、なんで四人もの男を、きみが受け入れなければなんないんだ」

「だって、それを完遂しないと、抜けられないんですもの」

「抜けられない、抜けられないって、なんだよ。そのレディースみたいな組織について、説明してくれっ。ただの、山姥のコギャルの集団とは、違うのか。……それに、そのデスマス言葉も、止めてくれないか。馬鹿にされているみたいで、……いや、そういう意味じゃあなくて、なんかそぐわない気がするんだ」

「……わたし、帰るわ」

おもわず声を荒らげ言った彼に、哀しそうな瞳を向け言葉を探していた矢内里美が、ぽつりと言い立ち上がる。

「待ってくれ、……二人で考えよう。他に対策があるかも知れない」

「男を四人、森瀬さんが集めてくれるんですか」

慌てて彼女を引き止め炬燵へ座らせたが、譲らないといったふうに聞こえ、森瀬は顔が引きつるのを抑えることができなかった。

それでも、四人の男のことを考えてみたが、むろん、浮かばなかった。一人も、だ。

「僕の周囲には、そんな男いないよ」

「平気ですぅ、仲間が集めてくれますから。ただ、森瀬さんには、立ち会ってもらいたいんですぅ。記録係というか、証拠を提出しなければなりませんですから。わたし、仲間の前では、そんな姿を見せたくないんです。今夜だって、そのつもりだったんですけど、急に嫌になって、逃げて来たんですぅ。だから、森瀬さんに撮ってもらって、それを仲間に送りつけ、認めてもらうことにしたんですぅ」

「今夜だったのかい、……」

「はい。けど、逃げて来て正解だったと、おもいますぅ。森瀬さんに、会えたんですから」

瞳を潤ませて言う矢内里美に、不意に愛しさを覚え、彼は炬燵を回り抱きしめ唇へキスしていた。

5

しっとりと舌と舌を絡め、相手の存在を確かめるように、互いの唾液をすすりあった。

そして、深いキスを続けながら、相手のウエアを脱がした。矢内里美がハマってしまいそうと口にしたように、その夜に交わったばかりなのに、本当に彼女とはフィットしていると、森瀬はおもった。

言葉を交わさなくても通じ合うというか、少なくともベッドでの相性はぴったりな気がした。そして、矢内里美に惚れてしまい、いや、一夜にして彼女の虜《とりこ》になってしまったに違いないと、おもった。

妻と別居中という、彼の置かれた状況のせいとも考えられたが、他の女性ならばいくら若い相手でも、こうも虜にならないだろう。二度も交われば充分に満たされ、こんなに執着はしないと、おもった。

素っ裸になった彼の股間へ、矢内里美が顔を埋めてくる。

森瀬は絨毯《じゅうたん》に仰向けになり、炬燵の中に脚を伸ばした。真横から跪《ひざまず》いた彼女が奉仕してくる。三回目であり、彼女に応えられるとはおもえなかったが、気持ちは昂っていた。

天井を眺めながら、四人の男が一人の女に挑みかかる光景を想像した。物理的には、可能なような気がした。平然と女が四人の男を受け入れ、よがり狂ったような声を放つ姿が脳裏に浮かぶ。

彼のペニスは矢内里美の口中で、強く勃起していた。

目で訊き、矢内里美が仰臥したままの、彼の腰へ跨《また》がってくる。吐息をつき、片手を添えたペニスを自身の膣へ導く。彼女が尻をゆるやかに沈めてくるとともに、火照《ほて》った潤みの中に彼は捉えられていた。

森瀬は下から両手を伸ばし、上向いた乳房を握った。その手の上から、矢内里美が両手を添え、自身の乳房を抱えるようにして、上体を反らし、声を洩らす。

その状態で、密着した尻を前後に揺すってくる。彼の肉幹は膣襞に捩れ、熱い潤みの中で、さらにいきり立ってくる。

矢内里美の白い裸身が、酔ったみたいに染まっていた。彼が下から腰を突き上げると、彼女の尻が小刻みに震え、捉えた乳房が掌の中で、しこってくる。

声を震わせ、矢内里美が上体を揺らしながら、胸へ倒れてくる。森瀬は絶対に放さないといったふうに、きつく細い彼女の体を抱きしめていた。

「後ろに、いれてもいいわ」

「ん、……やったことないよ」

不意に囁かれ、気乗りのない声で答えた。

あんな話を聞かなければ、異様に昂り挑んだとおもう。なにか、彼女のために予行演習をさせられるみたいで、嫌だった。

矢内里美が起き上がり、彼に背を向けて再び腰を跨ぐ。そのまま彼の上へ屈み、女液でオイルを垂らしたみたいに濡れているペニスを摑み、導く。

すぐに、尻穴へ添えたのだと分かった。

だが、抵抗はあったものの、彼女が尻を沈めてくるとともに、ペニスは滑らかに飲み込まれていった。尻を密着させたあと、前後、左右に揺すって、彼女が装塡具合をたしかめる。それは彼にも的確に伝わり、矢内里美の直腸の中に挿入された手応えを、充分に触感していた。

やはり、締めつけはきつく、ペニスの根元の部分の狭窄《きょうさく》がことに強かった。

矢内里美が炬燵を押しやり、上体を倒していく。そして、うながすように彼の膝を摑む。

森瀬は意図が分かり、上体を起こすと外れないように気をつかいながら、伸ばしていた脚を曲げ、彼女の股間から抜いた。矢内里美が尻を浮かせながら助けてくれ、ほどなく二人は後背位の形で交わっていた。むろん、ペニスは彼女の肛門に挿入されたままだ。

その矢内里美の尻を両手でわし摑み、慎重に抜き挿しをくわえた。膣の中に挿し入れたみたいに、滑らかにペニスが動いた。だが、それだけでいっぱいといった状態で、とてももう一人の男を同時に受け入れるのは、不可能だと森瀬はおもった。

緩慢な彼の動きに、焦れたように矢内里美が声を喘がせ、尻を弾ませてくる。そのまま彼女の声がエクスタシーのそれに変化した刹那、森瀬は呻き尻たぶへ指を食い込ませるように強く摑み、矢内里美の肛門の中で射液していた。

6

その翌々日、勤務に出たものの彼の頭の中は、矢内里美のことでいっぱいで、仕事に集中できなかった。

一週間後に、決行することを矢内里美に告げられたからだ。

なんとか阻止しなければとおもったが、なんの対策も浮かばなかった。レディースの存在も素性も全く不明なのだから、対応のしようがなかった。

むろん、その組織について彼なりに、あれこれ考えてみたが、山姥メイクのギャルのグループとだけは想像できたものの、それ以上のことは、見当もつかなかった。グループから抜けるためには、四人の男のペニスを同時挿入で受け入れなければ、認められない。そんな掟のある女性の組織が存在するなど、彼でなくても容易に考えられないだろう。あるいはAVかなにかと、関係があるのだろうか。いずれにしても、まともな連中ではないことだけは確かだろう。

帰宅すると、部屋に灯が点《つ》いているのを見て安堵し、森瀬はドアを鍵で開けた。

夕食の煮込んだにおいとともに、エプロン姿の矢内里美が迎えキスしてくれる。彼女からリクエストされ、シチューを作っておくこととともに、エプロン一枚の姿で居るように、と伝えていた。

その通りの支度をし待っていてくれたことが嬉しく、森瀬は素肌に直に着けたローズカラーのエプロンの上から、乳房をわし摑み歓びを示した。矢内里美が悩ましい声をあげ応え、身を捩らす。

「明日に、変更になったんですぅ」

「なんだって、……」

一瞬にして、天国から地獄へ突き落とされたような心地がし、森瀬は全身を凍りつかせていた。

彼女が懸命に作ってくれたはずのシチューも、味がよく分からなかった。ほとんど喋らずに食事を終えたあと、森瀬は一人でスナックへ出掛け、カウンターで飲んだ。そして、どういう態度をとるかいろいろ考えた。なにも明確な対策にならず、虚《むな》しさだけが込みあげてくる。そして、はっきりと判ったのは、どんなに懇願しても、彼女は〝抜けるために〟それを確実に実行するという、結論だった。

それを阻止するには、彼女を監禁するしかないだろう。だが、それでは二人の未来は考えられなかった。ならば、容認するしかなく、あとは記録係として、彼が立ち会うかどうかだった。一旦は観念したものの、直後に迷いが生じた。その繰り返し、だった。

眠れないまま一夜が明け、ダッフルコートの矢内里美とともに、駅の西側にある部屋へ向かう。スポーツウエアの上下に、有名スポーツメーカーのマークが入ったオーバーコートを着けた軽装だったが、足が引きつった感じで歩いている気がしない。コートのポケットに金槌を忍ばせており、そのせいかもとおぼろげにおもった。

会社へは風邪を理由に、電話で休むことを伝えていた。

案内された部屋は、ウィークリーマンションの２ＤＫだった。寝室の中央にセミダブルのベッドが置かれている他は、備付けの調度があるだけで当然ながら、生活のにおいはなかった。ベッドもごく普通の簡素なものだったが、中央に置かれていることが、これから敢行される非日常の行為を強調していた。

「ね、山姥メイクしたほうが、いいですかぁ」

「素顔の、ほうが好きだよ」

「じゃあ、そうしますぅ。万が一ということもあるから、これでも撮ってね」

携帯を彼へ渡し、矢内里美が三脚にビデオカメラを設置する。

カメラを固定し自動撮影してもらった方が失敗せずに済むと、幾分、気が楽になる。

「少し、協力してもらってもいいですかぁ」

藤色の短いドレスみたいな下着姿になった矢内里美が言い、ベッドにあがる。

ウォーミングアップを兼ね、彼に愛撫を施して欲しいという意味だろう。拒みたかったが、ここまで来たら彼女の体をほぐし、苦痛なく完遂させてあげるほうが良いと、おもった。森瀬は着衣のままベッドにあがり、唇にキスしたあと、足指を口に含み刺激した。喘ぐ矢内里美が、すすり泣くみたいに悶える。裾が捲《まく》れ、黒い陰毛が妖しく覗く。その女性器へ顔を埋め、優しく舐める。だが、すぐに凶暴なにかがつきあげ、露出したクリトリスを彼は嚙んでいた。声を震わせたが、彼女は耐えていた。舐め、アヌスへも舌を這わせる。

「ねえ、平気ですぅ。いれて、……」

彼女が昂った声で、乞うてくる。

アクメに達すると女性のアヌスは弛むと、なにかで読んだような気がしたが、挿入する余裕がなかった。森瀬はかわりに指を使うことにした。二本の指を溢れ出た女液で濡らしアヌスへ挿し入れ、親指を膣の中へ潜らせた。それらを同時に動かし、薄い粘膜を擦り合わせるように刺激した。矢内里美が声を張り上げ身悶えし、僅かな間に、エクスタシーを迎えていた。

定刻の午後二時ぴったりに、チャイムが鳴る。素肌にタオルローブを着けた矢内里美が迎えに出る。森瀬は壁に寄せた椅子に座ったまま、動かなかった。そして、膝にかけたコートのポケットの金槌を握りしめていた。

暫《しばら》くして入って来た男たちは、四人ともプロレスのマスクで顔を覆っていた。玄関で、マスクを装着したのだろう。彼に全員が黙礼しただけで、寝室へ入り、服を脱ぎだす。矢内里美が並んだ男たちの前に跪き、ペニスを口にくわえ刺激する。機械的に、頭を上下させただけで次の男に移っていく。だが、それで充分だったらしく、男たちのペニスは勃起していた。三人は細身の若者で、スポーツ選手のように鍛え抜かれた体はしていなかったが、引き締まった体軀をしていた。一人だけ、肩幅があり腹が少し突き出た男がいた。彼と同じような歳に見え、驚く。その男がリーダー格なのか、フェラチオを受けながら、小声で彼女と短いやり取りをする。

森瀬は裏切られたおもいで、握りしめていた金槌から手を離した。二人の姿が、なにか彼の知らない親密度を示しているように見えたからだ。むろん、四人の男がいずれも彼より上背があり、金槌などなんの役にもたたないことを、とうに知らされていたせいもあった。

矢内里美がタオルローブを脱ぎ、裸身を晒す。頭の中が真っ白になっていくのを覚えながら、森瀬は携帯を手に寝室へ入った。

固定されたビデオカメラは回っており、ベッドに仰臥した黒マスクの男を映していた。

全裸の矢内里美が男の腰に跨がり、彼へしてくれたようにペニスを片手で捉え、尻を沈めていく。そして、両手を突き膝を拡げた形で後背位のポーズを男の上で取る。晒された尻の谷間に、男の先端部を飲み込んだ女性器が露になる。まだ濡れていないように、見える。リーダー格の男がベッドへあがり、間近から二人の接合部分を覗き込む。そして、おもむろに矢内里美の双尻を拡げ、顔を埋めていく。男の舌が彼女のペニスをくわえ込んだ肉びらを、掃くように舐める。次いで尻穴へ舌が伸びた直後、矢内里美の口から唸り震えるような声が、あがる。それを合図にしたように、待機していた二人の男が両側からベッドに上がり、彼女の乳房を捉え揉みしだく。仰臥した男の上によつんばいの形で、体を繋いでいた矢内里美の上体が起こされる。いや、彼女が自ら起こしたに違いない。騎乗位の形になった彼女は、さらに上体を反らしていく。その両の乳房へ、二人の男が顔を埋め乳房へ吸いついていく。尻穴を舐められなくなった男は、意に介さず矢内里美の耳たぶを舐め、すすっていた。それを続けながら、さらに彼女の前の方から手を挿し入れていく。指が、クリトリスを刺激したのだろう。矢内里美の口から、悶え狂ったような声が続けてあがる。

それらを目にし、森瀬は全身が激烈に火照り、血液が逆流していくような心地を覚えた。

余計な会話もそうだが、男たちからは一切の愛撫を受けないことを、矢内里美から言いだし、彼と約束していたのだ。

その誓いが破られたばかりか、彼女は抗《あらが》うこともせず、喜悦の声をあげている。森瀬は裏切られたおもいで愕然となったが、それも僅かな間で、彼女を責めるわけにはいかないような気がした。流れというか、それが自然な形であり、男たちにしても彼女の苦痛を和らげるために愛撫を施したに違いないし、むしろ、いきなり四人がかりの挿入の方が、無謀といえるだろう。

男たちの行為を認めるしかないのだ。

そうはおもったものの、それ以上の正視には耐えられず、森瀬は唇を嚙みしめ目を瞑った。だが、彼女の声まで遮《さえぎ》ることはできなかった。慌てて耳も手で塞いだが、それでも低く唸るような矢内里美の声が、洩れてくる。それも、目を瞑り耳を覆ったせいか、重低音のような響きで、彼女が身悶えし異常な興奮状態に包まれているような声となって、だ。

窒息しそうな昂りが、彼にも襲う。

森瀬は喘ぎ、目を開けた。彼女に絡みついた四人の男たちの形に変化はなく、尻穴を舐め耳たぶを舐めた男の唇が、矢内里美の口を塞ぎ、すぐに湿った音を立て舌を絡めてのキスに変わっていた。

それも短い間で、そのリーダー格の男が、愛撫を中断しベッドの端に置いてあったクリームの蓋を開ける。手にしたクリームを自身のペニスへ塗り、彼女の尻穴へも塗り付ける。ペニスと彼女のアヌスがクリームの薄緑色に染まる。そして、男がペニスを自分の手で扱《しご》き、背後から挿入していく。喉がカラカラになっているのを覚えながら、森瀬は真横へ移動した。覗き込むと、男のペニスは二本とも彼女の膣の中へ食い込んでいた。

後背位で体を繋いだリーダー格が上体を大きく後方へ反らし、合図する。三人目の男が矢内里美の背中へ被さるように跨ぎ、アヌスへ挿入を試みる。男のペニスも、クリームで薄緑色に輝いていた。その肉幹がリーダー格の手で握られ彼女の肛門へめり込んでいく。

黒マスクを跨ぎよつんばいの姿勢をとっていた矢内里美の背中がしない、彼女の口から忙《せわ》しい息づかいが聞こえてくる。

森瀬は鳥肌が立ってくるのを覚えながら、おもわず彼女に胸の中で声援を送っていた。彼女の肛門に挿入した男が、ゆっくりと体を右側へ移動させ、東の位置に真横から矢内里美に抱きつく。それを懸命に堪え、息を荒らげながら彼女が踏ん張り体勢を保持する。

四人目の男が同じように彼女へ覆い被さる形で、奇妙な格好に脚を曲げ挿入を図る。どこで、シミュレーションしてきたと、言うのか。いずれにしても、この日に備え周到に訓練してきたとしか、おもえない。

さすがに、四人目の男は体勢が体勢でありスムーズにはいかなかった。いや、二本も同時にアヌスへなど、無理なのだ。そうおもった刹那、男が西の位置へ体をゆっくりと回転させ、矢内里美にすがりつく。

四人の男が同時に、一人の女のヴァギナとアナルへの挿入を、完遂したというのか。絡みあった男たちの体に隠れ、彼の位置から挿入部分は見えなかった。だが、彼女の壮絶な呻きが、完遂をなによりも示していた。

森瀬は、前に回り、彼女の顔を見た。

苦痛に歪み、涙が溢れていた。鼻水も、呻く口からは涎《よだれ》が垂れている。その糸を引き垂れている涎を目にし、彼女は異常な昂りに襲われ、味わったことのないエクスタシーを迎えているのではと、疑心せずにはいられなかった。だが、嫉妬は湧かなかった。逆に、彼女がよがり狂うほどのアクメを覚えて欲しいと、おもった。それも一瞬であり、体を刻まれるような心痛に包まれる。

〈がんばれ、……もう少しだ〉

彼女の首を抱えてやりたい衝動を覚えながら、胸の中で声援する。

一分間耐えなければ、認められないと彼女から聞いていた。目が霞み、時間の経過など分からなくなっていた。彼女の呻きとともに、東西南北から絡みついた男たちの体が強張ったまま、小刻みに震えていた。

撮るのを忘れていた森瀬は、慌てて携帯のレンズを向け、ボタンを押した。

それも束の間、矢内里美が唸り声を放ち、ベッドへ崩れ落ちる。男たちの体が素早く離れ、彼女だけが残される。

森瀬は突っ立ったまま、動けなかった。

矢内里美がふらつきながら、バスルームへ入って行く。出現したときと同じように、服を着けた男たちが彼に黙礼し、速やかに引き揚げていく。森瀬は放心したように、その場に座り込んでいた。

二時間経っても、待ち合わせの喫茶店に彼女は現れなかった。衝撃の性交場面に立ち会わされ、茫然自失の状態で、彼は時間の経過もさほど気にならなかったが、さすがに騙されたのではというおもいを否定できなかった。

彼女との出会いからして唐突であり、その後の展開も急速すぎる。なによりも、あの美貌の矢内里美が、彼のような男と将来を共にしたいなど、考えられない。やはり、AVかなにかの撮影に、彼を巻き込んだだけなのだろうか。そんな疑心を覚える一方で、森瀬は彼女を信じる気持ちを捨てきれなかった。現れないのは、彼女の優しさというか、彼への配慮のような気がした。申し合わせていたとはいえ、四人もの男に彼の眼前で交わり、歓喜の極みに達している。普通に考えれば、そんな女性が自分の大切な男と直後に、まともに顔を合わせられないはずだ。男の心情を察すれば、なおさらだろう。そんなふうに考え、矢内里美は待ち合わせを躊躇《ためら》ったのではと、おもった。

焦燥感に駆られながらも、森瀬は部屋へ引き返すしかなかった。ドアポストに、二つ折りにされた紙が挟まれていた。

ごめんなさい。このまま引き返します。森瀬さんがあのあと、抱いてくれなかったせいではありません。むしろ、絆《きずな》を感じたくらいです。わたしの気持ちは、変わりません。冷却期間というか、……その間に、奥さんの許へ戻っても、恨みません。もし、そのままならば、一年後に訪ねて来てください。わたしは都内のどこかの花屋で働いています。

里美

読み終えた森瀬は、おもわず握りしめた拳を突き上げポーズをとっていた。

彼女が完遂を果たしたあと、体を清める意味で彼に抱いて欲しいと乞われていて、それを約束していたのだ。

だが、彼は勃起せずいたたまれなくなり、喫茶店で待つことを伝え飛び出してきた。

その間に、矢内里美が部屋へ手紙を差し込んで行ったのだろう。

〈必ず、捜し出してやるよ。待っていてくれ里美〉

胸の内で叫び誓うと、森瀬悟は再び拳をおもいっきり突き上げていた。

息んで開いて

次野薫平

著者・次野薫平《つぎのくんぺい》

一九六三年東京生まれ。本作は「小説NON官能大賞」最終候補作。独特の雰囲気を持った文体が注目され、本書への収録となった。ミステリ、SF を始め、時代小説などエンターテインメント全般に親しむ。「虚構を楽しんでもらえるような作品を書いて行きたい」

菊《きく》と牛蒡《ごぼう》の関係について、あざみさんが話を始めたのは、ソファとベッドで二回戦まで済ませてシャワーを浴び、ベッドに戻って互いの身体をまさぐっている時のこと……

土曜の午後、九月の残暑の中を駅から十五分も歩いてやってきたあざみさんは、部屋に上がるなり、素肌にべったりと張り付いたブラウスを、千切《ちぎ》るように、脱ぎ捨てた。あわててタオルを差し出すと、タオルではなくて、伸ばした手の方を取られ、そのままソファに引っ張り込まれて始めてしまった。もっとも、そうなることが分かっていたから、裸で待っていたのだけれど……

湿ったブラジャーを外すと、深い谷間にも汗が溢《あふ》れていた。鼻を埋《うず》めるとあざみさんは、汗くさいよ、と言ったが、やめて、とは言わない。汗でぬめった鼻の頭を胸の起伏に這《は》わせて移動させる。谷間から丘へ登り、その頂《いただき》に突き出た小振りなピンク色の突起に擦《こす》りつける。突起がプルンと揺れると、あざみさんは小犬みたいな声をだして身体を強《こわ》ばらせた。

右よりも左の方が感じるの、と言う。きっと、心臓の近くだからなのね、と。

最初の頃は、悦《よろこ》んでもらおうと、左の方ばかりを舐めたり吸ったり転がしたりしていた。でも今は、右を責める時間を長くして、あざみさんを焦《じ》らすようにしている。焦らされた分だけ、左に移った時の反応が大きく激しくなるからだ。

けれど、今日は右には構わず、左だけに舌と指を差し向けた。早く感じさせて、一つになってしまいたかった。すっかり硬く反《そ》り返ってる肉の柱が、五日分も溜まったものを、あざみさんの中に吐き出したがっているからだ。

ピンク色の突起は、指で転がしていると、すぐにコリコリと硬く膨《ふく》らんだ。舌で弾《はじ》くと、倒れてもすぐにぴょんと戻ってくる。もっともっととせがんでるみたいだ。

胸に頭と片手を置いたまま、空いてる方の手を股間に伸ばし、ふっくらとした部分に指を当てる。薄い布地はじっとりと湿っていたけれど、それが汗のためなのか、それとは違うものによるのかはっきりしない。布が二重になった部分を指の腹をちょっとだけ押し付けるように撫で回すと、あざみさんが鼻を鳴らした。

一度おへその辺《あた》りまで戻した手を、下着の中に差し入れる。汗で湿った薄い叢《くさむら》を掻《か》き分けるように進むと、湿り気が汗とは違う粘りを帯びてきた。やがて指先が叢の下の裂け目に沈みこんだ。柔らかくて薄い二枚の襞《ひだ》が指に絡《から》みつく。熱くて溶けそう。絡む襞を分けるようにして指を潜《くぐ》らせると、奥には火傷《やけど》しそうなくらいの熱泉がとろりと湧き出していた。指を泉から出して這わせて行くと、先には硬い窄《すぼ》まりがある。湿らせた指先でその窄まりを撫でると、あざみさんは身体を硬くして、ひぃ、と叫ぶ。そこでもしてみたいけれど、あざみさんが、うん、と言ってくれない。でも、触るのは許してくれるようになった。しばらく堅い窄まりで指を遊ばせてから、泉に戻る。

中指をもう一度泉に湿らせて、少しずつ湧き出る奥に沈めて行く。

あぁ、あぁ。

可愛い声を挙《あ》げる度《たび》に、泉の辺が動いて、指を弱々しく締め付ける。第二関節までずぶずぶ潜らせると、ぷつぷつと泡立つような部分がある。ちょっと強く擦ってやると、いつもの通りに、量感のある腰ががくん、がくんと動き始めた。

中指をそのままに、拇指《おやゆび》もとろとろの泉に湿らせて、二枚の襞の間を遡《さかのぼ》らせる。襞は上の方で一つになっていて、その合わさった所で、拇指はそこに、小さな張りのある膨らみを見つけた。触れた途端、あざみさんは喉を鳴らして反り返った。

指先を小刻みに震わせると、リズムに合わせて、膨らみは急速に隆起した。今度は指を当てたまま円を描くように転がしてみる。

あざみさんの鳴き声がせわしなくなる。ちょっと苦しそうだけど、とても可愛い。

本当は早く入れたかったけれど、切なげな声をもっと聞きたくなった。

いじるのに邪魔なパンティーを脱がしてしまうことにした。あざみさん、それを察したのか自分で腰を浮かしてくれた。お尻のほうから剝《む》くようにするとぴったりフィットしていた下着がしわしわの小さな布になって足首まで降りてくる。あざみさんは片脚《あし》だけを抜いた。

下着が残ったままの足首を持ち上げて、ソファの背に掛けてしまう。もう一方の脚を床に下ろすと、あそこがぱっくり割れて見えた。さっきまで指に絡んでいた襞もハート形に開いて、泉からじくじくと染み出た熱水が叢を柔らかく濡らしてる。

拇指になぶられて膨らみきったものが、襞の合わせ目の奥から頭の先だけ出して赤くてらてら光ってる。顔を寄せて、その膨らみに舌を当てると、あざみさんの腰が浮き上がった。舌を動かしながら被《かぶ》っている襞を上に剝き上げてやる。すっかり表に出てきた赤い突起は、さらに膨れて硬くなった。たまらなくなって唇全体で含んで吸ってみる。

あざみさんの声がどんどん可愛らしくなる。そうなると、可愛いだけでは済ませられない。

小指の先くらいまでに膨らみきったつやつやの突起を舌で転がし、時々歯を当てたりしながら、もう一度泉の奥にも指を沈めて、ぷつぷつした部分を押すように擦ってあげる。

あざみさんの腰が震えながら小刻みに弾《はず》み始めた。それを顔と空いた手で押さえつけてしまう。動きを封じられたあざみさんは眉間《みけん》に皺《しわ》を寄せ、いやいやをするように頭を左右に振り、鳴き通しになる。

あっ、あっ、あっ。

ああ。いいっ。いいの。

もっと、もっとぉ。

すごいの、すごいのよぉ。

鳴きながらあざみさんの手が何かを探すように伸びてきたけれど、まだ触らせない。腰をずらして手を避ける。

ほしいのよ、ほしいの。

顔を少しだけ上げて、まだだよ、ちゃんといってからだよ、と囁《ささや》くと、あざみさんは恨《うら》めしげな声で、高校生のくせに……っていつもの台詞《せりふ》。

すぐに顔を埋めて膨らみを舐め上げる。

あっ！　だめぇ。

もう少しみたいだ。舌も指も速く強く動かす。

いっちゃう、いっちゃうっっっ、い、い、いくぅ！

一際《ひときわ》大きな鳴き声を挙げて、あざみさんの腰がブルブルと強張《こわば》るのが伝わってきた。泉の中の指が引き込まれるように締め付けられた。同時に開ききっていた襞も立ち上がって舌と指に吸いついた。

やった！　いかせた！

あぁぁぁぁ。

二度三度と大きな震えが続き、あざみさんは股を強く閉じてしまった。それから小さな硬直が来る度に全身から力が抜けて行く。

弛緩した身体と、鼻の穴まで開いた呆《ほう》けたような顔は、それだけ見れば醜《みにく》いのかもしれない。けれど、大人の女性が高校生の前に晒《さら》す絶頂の後のあられもない姿は、堪《たま》らないほど愛らしく、切なささえ感じる。

目を閉じ、両腕を胸の前に重ねてソファに横たわるあざみさんの手首を取って立たせると、ふらふらと寄り掛かってきた。そのままあざみさんを支えて、すぐ横のベッドに連れて行く。

手を離すとあざみさんはベッドに倒れこんだ。あざみさんの後からベッドに上がり、力の入らない両脚を開いて間に入る。べとべとになった叢の下で、もう襞が開いて、真っ赤になったその奥が丸見えだ。顔を近づけると、何をされるのか分かったらしいあざみさんは、ちょっと待って、と言った。待てない、と答えて顔を埋める。舌で襞の辺りを舐めまわすと、あざみさんは悲鳴を挙げた。

だめぇ。まだよ。待って、待って……

無視して続ける。

だめ。感じすぎるの。ううっ。うん、っ。

転がって逃げようとするのを太腿を抱くようにして押さえ込んで、舐め回す。

あっ、あぁ。

そのうちに、あざみさんの動きがゆっくりとしたうねりに変わってきた頃には、一度は萎《しぼ》んで姿を隠した突起が、再び膨らんで顔を覗《のぞ》かせた。さっきと同じように襞の皮を剝いて舌で転がす。

膨らみの周囲をなぞるようにすると、ああん、とあざみさんが甘い声を漏らす。

ちょっと強めに舌で押さえると、ふぅん、とまた鼻を鳴らす。

下の方から舌でなぶりあげると、ひっ！　あぅっ！　いやぁ！　と今度は苦し気に鳴く。

順番で色々に鳴かせるのを続けて行くうちに、あざみさんの腰がまたまた小刻《こきざ》みに上下を始めた。顔を少し上げて見ると叢の向こうで、あざみさんが自分の胸を両手で揉《も》みしだいている。さらさらの長い髪が右に左に揺れている。

舌を離すと、自分から腰を持ち上げておねだりしてくる。

あざみさんの反応に励《はげ》まされて、ピッチを上げる。さらにまた指で泉の奥のざらざらを圧迫してやると、あざみさんはもう声にならない呻《うめ》きだけを挙げて、さっきよりもゆっくりと昇り詰めて行った。

んんん。はぅ。

い、いい……。

最後は掠《かす》れた小さな声で、いくっ、と叫んで全身を震わせた。

でも、今度は解放しない。もう本当に我慢できなくなったからだ。あざみさんの可愛い鳴き声と、身を捩《よじ》る様子を見て、これ以上耐えろと言う方が無理だ。頭で我慢できても、脈打つ肉柱がカチカチになって、許してくれない。

膝で立って、まだ間歇《かんけつ》的に腰を弾ませているあざみさんの脚の間に進む。両方の足首を持って肩に掛けると、目が合った。

えっ？　と言う顔であざみさんがとろんとしていた目を見開いた。続けて、ま、待って！　本当に待って！　と懇願してきたけれど、そんな頼みは聞けない。首を振って腰を進める。閉じかかった襞の間にいきり立った肉の棒を押し当てると、あざみさんが腰を引こうとした。構わず一気に頭の部分を熱い泉の中に埋め込んでやる。

あああっ……

あざみさんの抵抗が止まった。ずぶずぶと根元まで押し込むと、きゅっ、と肉柱全体を締め付ける。あざみさん、ここは嫌がってないよ、と声を掛けると、うそよ、うそ、うそ！　と両手で顔を隠してしまった。

ううっ、と思わず声が漏れるくらい気持ちいい。じっとしていると、中が動いてるのが分かった。熱くて柔らかくて、それでいて、きゅっ、きゅっ、と絞るように締め付ける感触に、長い時間静かにはしていられない。

両脚を肩に乗せたまま、上体を前に倒すと、あざみさんが二つ折りになって、膝の間に顔が来る。のけぞった顎が戻るに合わせて、あざみさんの唇を貪《むさぼ》る。行き場を失ったあざみさんの悲鳴が口の中でくぐもった音になる。舌を絡めて、互いの唾液を混ぜ合わせる。

あざみさんを二つ折りにしたまま、杭を打ち込むように腰を上下に振った。気持ちいい。すぐにいきそうになる。動きを止めると、あざみさんがそれを許さない。下から腰を突き上げてくる。待って、と言ったくせに！

あざみさんのすべすべした太腿の感触を掌で楽しみながら高まりが少し退《しりぞ》くのを待つ。それからまた動く。それを延々と繰り返していると、ついにあざみさんが泣き始めた。涙を滲《にじ》ませ、指を銜《くわ》えながら、ひっくひっくと泣く。その合間にも悲鳴のような鳴き声が混じる。

小さな絶頂が続くとあざみさんはこうなる。大きく昇り詰めたいのに、いけなくて、頭の中がおかしくなりそうなくらいのむずむずした感じなのだそうだ。苦しくて、切なくて、それでいてやめてほしくはないから、狂いそうな感覚がずっと続くと言う。

男には分からないわ。ましてや高校生には。とあざみさんは言っていた。

肉柱が痺《しび》れて、背中から腰に向かって電気が走り出した頃、あざみさんの声が切羽《せっぱ》詰まったような鳴き声に変わってきた。

いきそう！　もっと、もっと、もっと！

その声に誘われるように、ラストスパートを掛ける。もう我慢の限界だ。

あああああっ！

あざみさんが一際大きな声を挙げた。両手を伸ばして頭を抱え込まれた。下から腰を突き上げられると、深々と肉柱が突き刺さった。

いくっ！と呻いて、動きを止める。背中から腰に、痺れが駆け抜ける。あざみさんの中で肉柱が膨れ上がり、そして弾けた……

アァ、熱いわ……

あざみさんの両脚を肩から下ろすと、その脚を腰に絡められた。

どくん、どくん、としゃくりあげるように、最後まで放出すると、力が抜けてあざみさんの上に突っ伏した。

脚を解《ほど》いたあざみさんは、凄いわ、高校生のくせに、と目を閉じたまま̄うつろな声で言った。


二人で並んでベッドの上に四肢を投げ出し、呼吸を整えた。実はあざみさんの中へ吐き出しても、まだ肉柱は力を失っていなかった。溜まってるんだ。大の字に寝ていると、そこだけが天井を向いて、びくんびくんとしている。しばらく待っても、一向に萎《しぼ》まない。

横を向くと、あざみさんは背中を向け、少し身体を丸めて横になっていた。せわしない呼吸音はしなくなっていた。シーツに擦れて赤みを帯びた背中と張りのある大きなお尻を眺めているうちに、もう一度したくなった。

一年以上、数え切れないくらい抱いているのに、その度にまた欲しくなる。きっとあざみさんの肉体に溺れてしまったのだろう。抱けば抱くほど、愛《いと》しさが強くなる。

背中を抱くようにして、股に手を差し込む。肉柱をお尻に押しつけると、あざみさんは、ふぅん、と甘えた声を出す。あそこは自分の熱泉とたっぷり注ぎ込まれた白い虫の液汁が混じり合ってぬるぬるになっていた。襞の合わさる部分に指を持っていくと、驚いたことに肉柱同様、あざみさんの突起も既に膨らんでいた。まだ、欲しいみたいだ。それならと中指で転がせば、腰が小さく跳ね上がる。

あざみさんが、ごろんと身体を回してこちら向きになった。すぐさまその手が脈打つ肉柱に伸びてきた。高校生のくせに、欲張りなんだから、とあざみさんが笑う。とてもいやらしい笑い方だ。頭の部分を指で巧みにいじられると、もう膨らみへの刺激どころではない気持ちになる。

あざみさんは握ったまま、身体を起こした。そのまま仰向《あおむ》けにさせられる。

高校生のくせに、こんなに大きくして、と瞳をきらきらさせて睨む。頬を薄桃色に染めて、額に汗を光らせるあざみさんは美しい。

片手で肉柱の根元を締め付け、片手でゆるゆるとしごき始められると、堪《たま》らず声が出る。

あぅ……

女の子みたいな声出して、とあざみさん。顔を下げて、いきなり肉柱を口に含んだ。強く吸われ、舌で舐められると、背中がぞくぞくした。自然に腰が浮き上がり、次第に熱いマグマのような塊《かたまり》がせりあがって来る。

いっちゃうよ、と訴えると、あざみさんは口を離し、膝で立って腰を跨《また》いだ。見下ろす目が妖しく光り、腰を軽く浮かせたかと思った直後、反り返った肉柱は逆さになった熱泉に呑《の》み込まれていた。

ああっ！

おっきいわ！

二人の声が重なる。

あざみさんは、すぐに腰を振り始めた。張りのある胸がゆさゆさと揺れる。下から手を伸ばして、その胸を揉むとあざみさんの動きがさらに激しくなった。

突然、いくっ！　と叫ぶと倒れこんできた。あざみさんの激しい息が耳をくすぐる。

張りのあるお尻を両手で摑み、下から突き上げていると、再びあざみさんが上体を起こして、自分で腰を振り始める。二度目だし、下になると長持ちするから、あざみさんは何度も何度も一人でいった。

もうだめ、と結合を解いたあざみさんをうつ伏せにし、後ろに回ってお尻を持ち上げる。ココア色の堅い窄まりと、濡れてぱっくりと開いた泉の湧き出し口が一度に見えて、何故《なぜ》だかめちゃめちゃにしてやりたいような気持ちになる。

肉柱を泉に突き入れると、あざみさんは顔をシーツに埋めて悲鳴を挙げた。細い腰を掴んで腰を送る。しばらく動いてから、滑らかな背中に覆い被さり、片手を前に回して叢の中の敏感な膨らみを捏《こ》ねると、あざみさんはシーツを掴んで鳴いた。

我慢の限界が来て、思い切り腰を打ち付ける。あざみさんのお尻が、ぱんぱんと音を立てて撓《たわ》む。

いくよ！　二度目なのにたっぷりと中に吐き出すと、あざみさんも腰を震わせて突っ伏した……。

それから、しばらく抱き合ってうつらうつらとして過ごし、二人でシャワーを浴びてからベッドに戻り、互いを触るとはなしに触りあっているうちに、あざみさんが菊と牛蒡についで話し始めた。

あざみさんと再会したのは、私立の高校に通うために東京に出てきて二年目のことだ。田舎《いなか》からわざわざ東京に一人で出てきたのには、それなりに訳がある。一つは少しばかり中学の成績が良かった次男坊を、東京の有名大学の付属校に入れて、そのまま大学までやってしまおうという親の思惑だ。

昔から商売をしているので、店は兄が継ぐことになっている。兄は頭が悪いわけではないけれど、欲がないのか、それとも幼い頃から店を継ぐ将来を刷《す》り込まれてしまったのか、自分でも店の親父になることを納得していて、勉強の代わりにスポーツだのなんだのと好きなことをやっている。

家業の跡目問題が解決済みの両親は、次男坊には親戚一同にもいない有名大学出のキャリアを期待したわけだ。大学の後、大手の企業にでも就職させれば、町内会でも自慢できると考えているに違いない。

ため息の出るようなのんきな両親ではあるけれど、学歴のためには金に糸目はつけないから、東京で食べるに困ることもなく生活できるわけで、文句は言えない。

田舎の中学で成績が良かったからと言って簡単に通用するほど東京の私立高校は甘くなかった。入学はできたものの、成績は中の下くらいを行ったり来たりだ。友達もあまりできず、どちらかと言うと暗めの高校生活二年目に、運命が急展開するのだから、世の中分からない。

二年生に進級して迎えた新学期の始業式で、担任紹介に続いてたった一人、新規採用の先生が紹介された。私立高校では先生の入れ替えは少ないし、それが若い女の先生だったものだから、男子生徒の目の色が変わった。

教頭に紹介されて壇上で挨拶をしたのが、あざみさんだったのだ。その時は遠目でよく分からなかったけれど、名前を聞いた時に、どこかで聞いたな、と思った。あやふやな記憶は、あざみさんがホームルームに担任と一緒に入ってきて、副担任だと紹介された途端、はっきりと蘇った。あざみさんとはやはり以前に会っていた。だからその日は再会だ。

生徒の側の自己紹介で順番が来た時、あざみさんは微かに首を傾《かし》げ、困ったような曖昧《あいまい》な笑みを浮かべた。どこかで会ったことがあるのかしら、と思ったのだろう。でも、思い出せない。そんな感じの表情だった。

無理もない、と思った。こっちはたくさんの中の一人だったのだし、よもやこんな場所で出会うとは予想できなかったのだから。

実は再会であることを、しばらくの間、あざみさんに確かめることはしなかった。と言うより機会がなかっただけだ。生物の先生として赴任してきたあざみさんの授業には当たっていなかったし、副担任なんて滅多なことでは教室に来はしない。二人だけで話をするチャンスがなかっただけのことだ。

ただ、あざみさんの姿だけはいつも目の端に探していた。気になって仕方なかったからだ。いつか声を掛けて昔のことを話そうと、チャンスを窺《うかが》い、姿を求め、声に耳を澄ましているうちに、頭の中はあざみさんで一杯になってしまった。

話さえできれば、きっと次の展開があって、と勝手なことばかり想像していくと、最後は決まってあざみさんを頭の中で抱きながら一人ベッドで自分を慰めていた。

元気で明るいイメージだったあざみさんが、六月に入り、梅雨が始まると、どこか暗い表情を見せるようになった。あざみさんの授業や生徒指導がうまくないのが原因であることはすぐに分かった。

有名大学の付属校で、進学校でもある私立高校に通って来るのは、程度の違いはあっても、それなりに優秀な生徒が多い。授業の上手《うま》い下手《へた》はすぐに見抜かれてしまい、うかつな生徒指導をすれば、それだけで教師いじめに発展する。新人教師だからと言って例外ではない。

授業を受けたことがないので、分からなかったけれど、噂では生徒の質問に往生《おうじょう》したり、女子生徒の生活指導で逆にやり込められたりしているらしかった。

あざみさんとようやく二人きりで話が出来たのは、意外にも学校ではなく、通学途中の駅ビルにある本屋だった。

その日は梅雨の晴れ間で傘を持たずに学校に行ったら、帰りには怪しい雲行きになっていた。なんたら委員会だのに出ていたら、すっかり遅くなり、学校を出る頃には先生たちもちらほらと退勤を始める時刻になっていた。駅に着く頃には降り出し、様子見に本屋で時間をつぶしていたら、高校の参考書の並ぶ棚の前であざみさんを見つけたのだ。

あまりに真剣な顔で本の背表紙を見ているので、すぐには声が掛けられずにいると、あざみさんの方が視線に気付いて目が合った。

あらっ、と恥ずかしそうに笑ったのを見て、気持ちがほぐれた。

気が付くと、教育実習で中学校に来た時のことを喋《しゃべ》っていた。

あざみさんは目を丸くして、そうだったの。だからなのね、あなたのことをどこかで見たことがあると思ってたのよ、と顔を綻《ほころ》ばせた。

三年前、あざみさんは教育実習生として母校の中学校に二週間やって来たのだ。つまり、先輩後輩の間柄なわけだ。もちろん、年の差があるから、時期が重なってはいないけれど。

あの頃のあざみさんは、都会の雰囲気を纏《まと》った明るいお姉さんだった。男子生徒は一様に興奮し、やれ今日は言葉を交わしただの、やれ腕相撲しただのと、若い教師見習いとの接触を自慢しあっていた。そんな級友の様子を冷ややかに見ていたのは、お勉強のできる優等生というレッテルを貼られていたからであって、何もできない分、余計に彼女のことが気になったものだった。あれは恋心だったのかな、とも思う。

雨はまだ上がらず、こんなところではなんだからと、あざみさんはビルの地階にある喫茶店に誘ってくれた。内緒だよ、と。

田舎のことが共通の話題になった。どちらも遠く離れた町の話に飢えていたから、コーヒー一杯で三時間も居座ってしまった。

それからだ、あざみさんと時々本屋で会って、喫茶店で話をするようになったのは。一応、偶然ということになっていたけれど、別れる時に、またね、と次の約束をそれとなく交わしていたのだから、お互い納得ずくだった。

あざみさんとこっそり会うのは楽しかった。大人の女性と、それも新任の先生とデートすることは勉強では水をあけられた同級生に対しての密《ひそ》かな優越感にもなったし、自分まで大人になったような気がした。

でも、あざみさんの評判は相変わらず悪く、学校での表情も曇りっ放しだった。それを少しでも明るいものにしたくて、会えば一生懸命に話をした。ちょっとでも笑ってくれると、それが嬉しかった。

二人の関係がセックスにまで発展したのは、七月に入ってすぐの週末。高校生の贅沢《ぜいたく》な一人暮しのワンルームに、あざみさんを招いたのが最初だった。

その日は金曜で、翌日が休みだということもあって、喫茶店でゆっくりと食事まで済ませた。駅の改札を通り、普段なら反対のホームへと別れるはずのあざみさんが、急に立ち止まって泣き出した。

ど、どうしたの？　びっくりして問いかけても首を振るだけで何も言ってくれない。まるで小さな子供のように泣きじゃくるあざみさんを放って置けるわけもなく、思わず手を摑んで同じホームへ降りてしまった。

手をつないだまま電車に乗り、そのまま部屋の前まであざみさんは素直に付いて来た。いいの？　と訊《き》くと、こくりと頷《うなず》く。どうなるのか予想できなかったけれど、結局あざみさんを連れて部屋へ入った。

けっして、襲ったりしたわけじゃない。むしろあざみさんが積極的だったんだ。あざみさんに抱き付かれて、頭の中が真っ白になって……

唇を重ねた時に歯がぶつかったのを覚えているけれど、それからのことはよく覚えていない。いつの間にか、二人とも裸になってシーツを替えてないままのベッドで抱き合っていた。

私なんかでいいの？　と訊かれたような気がするけど、何と答えたのかも覚えていない。

カチカチになった肉柱が、上になったあざみさんにリードされて、ぬるぬるに包まれた。

先生、先生、と叫ぶように声を挙げるのがやっとで、あっと言う間に弾けてしまった。生まれて初めて、女の人の中に吐き出したのだ。それはもう、頭がおかしくなるくらい気持ち良かった。その気持ち良さをもっと味わいたくて、朝まであざみさんの中に出し続けた。

泣いた理由をやっと話してくれたのは、朝になってからだった。

教師を続ける、自信がないの。

腕の中であざみさんが力なく呟いた。勉強しても、それをうまく教えられない。生徒からも保護者からも馬鹿にされている。同僚の先生たちの視線も冷ややかだ。

あざみさんは溜まったものを吐き出すように喋り続けた。

十七の高校生が気の利《き》いたことを言ってあげられるはずもなく、ただ相槌《あいづち》を打つだけだった。それが悔しくて、あざみさんが吐き出すだけ言葉を吐き出し終えると、身体を求めて抱きしめた。

それからあざみさんは週末になると部屋へ来た。愚痴《ぐち》をこぼし、セックスをして、疲れ切るとすやすや眠る。朝起きれば、またセックスだ。

いつしか、先生と呼ぶと怒るようになり、あざみさんと呼ばされるようになった。

ところが、それからのあざみさんは目に見えて変わっていった。学校での態度が堂々とし始め、生徒の見る目も、やるじゃないか、という雰囲気になっていった。

あざみさんが変わっても、二人の関係は変わらなかった。いや、平日の夜にも来ることがあるから、二人で過ごす時間は増えていった。週末には決まって抱き合っては眠り、起きては交わることの繰り返し。だから二人とも金曜と土曜の夜のテレビ番組にはすっかり疎《うと》くなってしまった。

一年が過ぎる頃には、あざみさんは教師が板につき、めそめそすることもなくなった。あなたのおかげよ、と言われるのは気分が良いけれど、本当なのかとも思う。こうならなくても、自然と立ち直ったのかもしれない。自分は単なるきっかけに過ぎなかったのではないかと不安になるから、わざと、だってセックスしてるだけだよ、と言ってみる。すると、それがいいの、とあざみさんは笑う。

セックスだけでどうしていいの？　と尋ねれば、教師でない私も必要としてくれるでしょ？　と満足そうに言う。

最近では、だからずっと側にいてね、卒業しても側にいさせてね、と胸に顔を埋めて眠ってしまうのだ。

あざみさんのおかげで、勉強に興味が持てるようになったのは意外だった。もっとも、勉強の中身は、セックスのことばかりだったけれど。お金に困らないことをありがたく思ったのは初めてだった。あざみさんを悦ばせたくて、本やらビデオやらを買い漁《あさ》り、勉強に励んだのだ。

あざみさんは、ベッド以外でのセックスも好きで、ソファや風呂はおろか、早朝のベランダでもする。

高校生のくせに、は、あざみさんの口癖《くちぐせ》だ。高校生のくせに大きくして、高校生のくせに焦らせて、高校生のくせに上手になって、高校生のくせに我慢強くなって……一番欲しがる年頃の男に、自分の肉体で教え込んでおいて、勝手な口癖だと思う。けれど、そんな時のあざみさんは、とても幸せそうで、たまらなくいやらしくて、くやしいけど、きれいだ。

あざみさんは二十六歳になったけど、見た目はもう少し若い。小柄で童顔のせいだろう。着痩せするタイプでもある。だから、外観は箱入りのお嬢様。艶《つや》っぽさも感じない。でも、ベッドでは人が変わるのだ。まるでもう一人のあざみさんがいるみたいに思うことがある。

私が淫らなのを知ってるのは、あなただけなのよ。そんなことを言って笑う。

初体験の相手だって知ってるでしょう？　と訊くと、こんなにセックスが好きになったのは、あなたのせいなんだからね。だからいやらしい私を知ってるのもあなただけなの、と返された。なんだか、うそでも嬉しかった。

教え込まれて、自分でも勉強して、次第にあざみさんを悦ばせるようになってくると、あざみさんのことが堪らなく可愛らしく思えてきた。高校生に何度もいかされて、ベッドで震える姿を見る度に興奮して、またしたくなる。焦らされて泣き出すと、余計に焦らしたくなる。

あざみさんはあざみさんで、朝目が覚めると、隣で眠っている高校生が、あそこだけ反り返ってびくびくさせているのを見て、我慢ができないと、上に乗って肉柱を呑み込んでしまう。夢の中で抱いていて、いく瞬間目が覚めると、実際にあざみさんの中に出していた、なんてこともしょっちゅうだ。

高校生のくせに、こんなに悦ばせて、どうしてくれるの？　と笑うから、高校生だから何度でもできるんだよ、と言い返す。すると、だから好き、もっとして、と抱きついて来るんだ。

それで、菊と牛蒡の話だ。

力の抜けた肉柱を指で弄《もてあそ》びながらあざみさんは言う。

菊と牛蒡は、同じキク科の植物なのよ。つまり親戚ね。

菊と牛蒡が親戚？　初耳だった。

菊のどこがどうなると牛蒡になるんだろう？

花を見ると、なるほどって気がするわ。

菊なら分かるけど、牛蒡の花なんか見たことがないので、想像できない。花はおろか、そもそも牛蒡なんてスーパーの野菜売場でしか目にしたことがない。葉さえも知らない。

知ってるのは、茶色の細長い根っこで、切ると中は意外に白いこと。ささがきにしてキンピラにすると美味《おい》しいことくらいだ。

胸の頂をいじられながら、あざみさんは続ける。菊の仲間ってたくさんあるのよ。たんぽぽでしょ、マリーゴールドでしょ、マーガレットもひまわりも。

たんぽぽやひまわりは知ってるけど、マリーゴールドは聞いたことがない。マーガレットっていう雑誌なら知ってる。

レタスだってそうなのよ。

レタスも仲間？　いよいよもって分からなくなった。

私の名前の、あざみもキク科なのよ。

あざみって、植物の名前だったんだ。

そうよ。そうそう、あざみの仲間にハマアザミってあるの。これの別名が、ハマゴボウ。赤い花が咲くんだけど、根は牛蒡みたいに食用になるわ。

へぇ、それなら、あざみさんは菊と牛蒡のハイブリッド？　と尋ねると、なぜかあざみさんは、口の端で悪戯《いたずら》っぽく笑った。それがなんとも淫らな感じがして、柔らかい手の中で肉柱がびくんと跳ねた。

あらあら、いい子にしてなさい、と笑いながらも、指の動きがねっとりした感じになってきた。あざみさんは指を動かしながら続ける。

菊と牛蒡は同じキク科だけど、交配はできないのよ。属や種が違うから。なら、根が食用の牛蒡で、花が観賞用の菊っていうのは作れないんだ。

そうね、タネができないもの。でも……

あざみさんは、でも、と言ったきり、急に言葉を止めて、もじもじしはじめた。そのくせ肉柱を捏ねる指の動きは止めない。

どうしたのかと訊くと、答える代わりに身体を起こし、両手を使って肉柱をしごき始めた。気持ちがいいから、されるままにしていると、肉柱は少しずつ立ち上がりだした。容量を増し始めると、あざみさんが顔を寄せて含む。喉の奥まで銜え込んで頭を上下させる。根元にあざみさんの唇が触れると、思わず息が漏れる。柔らかな唇で剝き上げられ、舌を巧みに絡められると、あっと言う間にこちこちの肉の柱に戻ってしまった。でも、二度放出しているから、根元が少し重く痛い。こういう状態で吐き出す虫の液汁は、量が少なくてどろりと重いから、時間がかかって堪らなくなる。

肉柱がすっかり充実したことを確認すると、あざみさんは顔を上げて、いつになく恥ずかしげに囁いた。

私の菊と、あなたの牛蒡で試してみない？

菊と牛蒡で試す？

何を言っているのか分からなかったけど、あざみさんの欲情した目を見ているうちに、ある予感がした。
あざみさんの菊って、もしかして、あっちのこと？
そう、よ。
あざみさんが目の縁《ふち》を赤く染めて俯《うつむ》く。
ほ、ほんとに、いいの？
あざみさんは俯いたまま頷いた。
でも、今までは嫌がってたのに……
いいの。それとも、したくない？
あざみさんが上目遣《うわめづか》いに見る。
したい、と答える。
して、とあざみさんは言ってくれた。

あざみさんをベッドに仰向けに寝かせ、両脚を開いて持ち上げ、身体を二つ折りにする。腰の下に枕を置くと、目の前であざみさんの叢がぱっくりと開いた。もう、さっきよりも大量の熱泉が溢れている。
あざみさんの菊の花は泉の湧き出し口のすぐ下に咲いている。上から零《こぼ》れる熱い滴《したた》りにまみれててらてらと光っていた。

形は菊だけど、色はココア色、いやむしろ牛蒡色だ。

この日のために勉強した。だから、そこが熱泉とは違って、肉柱を簡単には受け入れてくれないことは分かってる。本当にしていいのかな、と迷っていると、あざみさんは、好きにして、と言った。

うん、と言って、まず右手の人差し指を溢れる泉でぬめらせて、牛蒡色の窄《すぼ》まりにそっと当てがう。触れただけであざみさんが吐息を漏らした。硬く閉じた菊花をゆっくりゆっくりと撫でる。そうしながら、時々窄まりの中央に軽く指先を押し当てる。それを繰り返すうちに、硬かった窄まりがまろやかな感触に変わってきた。ああ、とあざみさんが声を挙げる。

さらに泉を指で掻き出して菊の花にまぶす。少しずつ指先に力を入れていくと、ついに先端が窄まりの中にもぐりこんだ。やった！　思わず声が出る。でも、それ以上進まない。

あざみさんに、息んで、と頼んだ。

どうして？　どうして息むの？

だって、息むと、出そうとして開くでしょ。

つまり出そうとして開いたところに埋め込むわけだ。そう本には書いてあった。

息を楽にして力を抜いてと書いてあるものがほとんどの中で、そうではない、と載っている本を見つけた時は驚いた。それは男同士の指南書だった。試しに自分で指を使って試してみると、確かに指南書の方が正しかった。

怖い、怖いわ、とあざみさんはかぶりを振ったけれど、何度も頼むと、んっ、と息を詰めた。途端に人差し指の先が外に押し出されそうになる。でも、その分、確かに菊の花は外に向かって開いた。書いてあった通りだ！

もう一度、と頼むと、あざみさんが息を詰める。今度はそれに合わせてまっすぐに指を進めた。

ずぶ、ずぶ、と指が窄まりに埋まって行く。

ああん、変な感じ。あざみさんが身悶《みもだ》える。

もう一度。それで人差し指はすっかり呑み込まれてしまった。泉の中と違って、ぴったりと吸い付くようで、指が動かない。すごい締め付けだ。ちょっとだけ指先を曲げてみると、あざみさんの腰が、びくんと跳ねた。それを見たらもうだめだった。ゆっくりと指を抜き、匂いをかいでみる。あざみさんの刺激的な匂いに肉柱は痛いくらいに脈打つ。それをなだめながら、いったん泉の奥まで沈めて湿らせる。抜くと肉柱はぬるぬるになってそそり立った。

いったん身体をずらし、あざみさんを二つに深く折って、真上から肉の柱を菊花の中心に垂直に当てがった。心臓の鼓動が聞こえそうなくらい、緊張した。

いいの？　と改めて訊く。

来て、あなたの牛蒡をちょうだい。あざみさんが声を震わせた。目がきらきら輝いている。

牛蒡って、これ、そんなに細いかなぁ？

思わず自分の股間を眺めてしまう。

あなたのは立派よ。高校生のくせに。

でも、牛蒡なんだ……

牛蒡にもいろいろあるのよ。あなたのは太くて大きな大浦《おおうら》牛蒡よ。さあ、して！

うん。

ゆっくりと、まっすぐに腰を推し進めた。なかなか進まない。本当に入るのかな？　と不安を感じた。

先端がわずかに沈んだ。あざみさんが喘《あえ》ぐ。

息んで、と頼む。あざみさんが、んっ、と唸《うな》った。顔が真っ赤になっていた。肉柱の先端に押し返されるような感覚が来た。すかさず押すと、ずぶ、っと菊の花びらに包み込まれた。

硬い輪の中を潜るような感触に手ごたえを感じて、さらに押すと、つるん、と肉の頭が輪を潜り抜けた。その瞬間、世界が変わった気がした。こんな、こんな世界があったなんて！

あああ！

全身をぶるぶると震わせながら、あざみさんが鳴いた。

そこからの挿入は楽だった。あざみさんも要領を得たのか、肉柱に力を入れると、息んでくれた。

根元まで全部収め終わると、しばらく動かずに強烈な締め付けを味わった。じっとしていても弾けそうだ。心臓が飛び出さんばかりに強く打っている。

す、すごいよ、あざみさん。

ああ、あなたの牛蒡が私の菊を散らしたのね。

あざみさんが震えながら微笑んだ。

動いていい？　もうじっとしていられない。

お願いを聞いて。

な、何？

もう、あの子と仲良くしないで。

あの子？

誰かと訊くと、言いにくそうに、小さな声で名前を挙げた。教室で机が隣の女の子だった。ちょっときれいで話も弾むけれど、最近妙な目で見つめてくることがあるので気になっていた相手だ。

そうよ。あの子、あなたに気があるのよ。

え？　まさか。

あんな子、だめよ。よくないわ。

あざみさんが、嫉妬してる！　その表情が可愛らしくて、いよいよじっとしていられない気持ちになった。つまみ食いは諦《あきら》めよう。

分かったよ。

本当に？

あざみさんだけだもん。

途端に、菊花がきゅっ、と閉じた。その締め付けに応えるように、肉柱に力を入れる。

すると、それからね、とまた待ったをかける。

まだあるの？

この前、実家の母に電話したら、あなたの名前が出たのよ。

えっ？　なんで？

あなたのご両親が町内会で、あなたのお嫁さん探しをしているんですって。

そんなこと、何も知らなかった。まだ高校も出ていないのに、何が嫁さん探しだ！　きっと、有名大学出を見越してひけらかしているに違いないが、自分の親ながら、情けない……

お願いよ、可愛い人を紹介されても私の側にいてね。ずっと側にいさせてね。

うん、と答えるとまたあざみさんの菊花が締まる。

お嫁さんなんかもらっちゃ嫌よ。

お嫁さんはもらうよ。

だめよ、だめ。そんなの嫌!

あざみさんがお嫁さんになってくれればいいじゃない。

うそ? うそばっかり……本当に? あざみさんが窺《うかが》うような瞳を向ける。

本当だよ。あざみさんだけなんだから。

ああ、嬉しい! 瞳が大きく揺れる。

素敵よ。もう、ぜんぶあなたのものになったのよ。だから、動いていいのよ。

あざみさんが声を震わせる。

そこは、初めてなの。あなたに散らしてほしかったのよ。だから、さあ、動いて!……

言われなくても、限界がそこまで来ていた。一度奥まで打ち込み、腰を引くと、菊の花びらが絡みついたままずぶずぶと抜け出る。頭の部分を中に残した状態から、今度は押し込む。花びらが内側に巻き込まれる。肉柱に吸いつくつるつるの肉壁と、根元を締め上げるゴムのような感触に、知らず知らず涎《よだれ》を垂らしていた。

ううっ。気持ちいいよ、あざみさん。

ゆっくりと長いストロークで出し入れを楽しんだが、硬質な肉洞での抽送は長くは続かなかった。

もう、もうだめだ。

いいの、来て！

い、いくっ！

中に、中にいっぱいちょうだい！

その瞬間、より強い力が肉柱の根元を絞め上げた。とば口まで這い出てきた虫たちが堰《せ》き止められて、苦痛と快感とが持続した。

ううう、うっ！

自分が狂ってしまうのではないかと恐怖するほどの感覚に身を捩る。

どくん。

出た！　ついに肉柱が、いや牛蒡が弾けた。

やっとの思いで吐き出すと、目の奥に火花が散った……

三度目なのに、放出は長い時間続いた。全部吸い取られたみたいで、これで、あざみさんのものになってしまったのだと思った。

しゃくりあげるような律動が収まると、肉柱は自然に外に吐き出された。最後に頭の部分がつるんと出てくると、あざみさんが大きく息を吐き出した。見ると開いたままのあざみさんの菊の花から牛蒡が吐き出した白い液汁が、たらりと溢れ出た。

いっぱい出してくれたのね、とあざみさんは言った。

持ち上げていた両脚を下ろし、あざみさんの上に倒れ込む。目を閉じて胸に顔を埋めると、優しく背中と頭を摩《さす》ってくれた。

力の入らない身体をなんとか起こして、あざみさんの額と頬と唇にキスをした。どこも汗の味がした。重い目蓋《まぶた》を持ち上げて見ると、あざみさんは眉間に皺を寄せたままだった。痛みが酷《ひど》いのかと心配になって、耳元でだいじょうぶ？　と尋ねた。

あざみさんは何を勘違いしたのか、ふふ、と笑い、安心して、菊と牛蒡ではタネはできないのよ、と掠《かす》れた声で囁いた。

隣の席の淑女

渡辺やよい

著者・渡辺《わたなべ》やよい

『花とゆめ』誌で漫画家デビュー。早稲田大学卒業後、レディースコミック誌創成期から第一線で、過激な画風で活躍。二〇〇三年、「R—18文学賞」読者賞を受賞、官能作家デビュー。近著に『そして俺は途方に暮れる』がある。

1

ふるるん、と、洋治《ようじ》の目の前にふくよかな乳房がこぼれ出た。

目に染みるその白さ、微《かす》かに青い静脈の浮いた薄い皮膚、そしてその丘のいただきには、意外に大きなうす桃色の乳輪に囲まれて、すでにつんと固く尖《とが》った苺《いちご》色の乳首があった。

（これが、あのあこがれの女性の乳房か……）

洋治は思わず息を飲んだ。

春菜《はるな》は自らはだけた胸元を、今さらのように両腕で覆うと、唇を噛んでうつむいた。その青白い頬にぽうっと赤味がさす。

「恥ずかしい、子供を産んですっかり形が崩れてしまって……」

たしかに三〇代の彼女の身体に、あの頃の、水滴が球になってはじけそうな張りはない。しかし、少しずつ重力に導かれていきそうなたっぷりした重さを持った乳房のとろんとした風情《ふぜい》は、今、同じように年を取った洋治には、かえって好ましいものだった。洋治は両腕を差し出して、華奢《きゃしゃ》な彼女の手首をつかみそうっと開かせる。たわわなふくらみが「やまびこ一七〇号」の規則正しい振動に合わせて微かに揺れている。

両手でその双肉をゆっくり揉《も》んでみる。ふわふわと焼き立てのパンのようにまろやかな柔らかさ、すべすべした肌触り。ふうっと、春菜が密《ひそ》やかなため息をつき、その甘い吐息が洋治の鼻をくすぐった。洋治は自分がまるで初体験の時のように動揺していることに気がついた。

おもむろに、熟《う》れてしこり勃《た》った薄紅色の乳首を親指の腹で擦《こす》り上げる。こりこりとした手触りだ。

「あっ……」

春菜が聞こえないくらいの小さな声を上げて身をよじった。ぷるん、と乳房が揺れる。洋治は突然の衝動にかられ、二本指で両乳首をきゅっとひねり上げた。

「あ……はっ」

春菜は今度ははっきりと呻《うめ》いた。伏せた睫毛《まつげ》が細かく震えている。洋治はたまらなくなり、がば、と春菜を抱きしめた。細くて折れそうな、しかし、しなやかな肉体の温かさ。春菜が迷わず両腕を洋治の背中に回してくる。洋治はわずかに身体を離して、うつむいている春菜の尖った顎を持ち上げ、そのぷっくりとした唇に吸いついた。強く吸い上げ、閉じた唇を自分の舌で割って押し入ろうとする。春菜の唇はほんの一瞬、ためらった後にゆっくりと開かれて、洋治の舌を迎え入れた。彼女の熱い舌がちろちろと洋治の舌をつつき、洋治もそれに応《こた》え、二人の舌は軟体動物の交尾のようにくねくねと絡み合い、求め合い、吸いつき合った。

「ん、んんんっ……」

「ふぅぅんん」

二人の呼吸が激しくなり、お互いの下半身がくねり、こすれ合った。春菜のそこは柔らかく、洋治のそこは硬く、熱くたぎっていた。

洋治は片手でさっと春菜のスカートをまくり上げ、つるんとした肌色のパンストに包まれた、むっちりと脂《あぶら》がのった太股をなでさする。そのまま付け根の割れ目の部分に、手を割り込ませた。

「あっっ」

春菜がはっと息を飲む。パンストの下の白いパンティラインをたどり、恥骨のあたりに触れてみると、そこがすでに、熱く淫靡《いんび》にしっとりと湿り気を帯びているのがわかった。布越しに縦にさわさわと撫でてやると、

「あ、や、いや……ん」

春菜が身をよじる。しかし、下半身が逃げる気配はない。いや、微妙にその部分がすり寄ってくる。洋治は柔らかい溝に、くっと強く指を押しつけてやった。

「あ、あ、あ」

春菜の呻き声がわずかに高ぶる。洋治はパンストに手をかけて、一気に引き下ろした。

ふあっと、こもっていた熱い空気がこぼれ出る。そのまま下着の中に指を這《は》わせる。

春菜がぴくりと身をすくめたが、すぐ自らそっと太股をくつろがせる。

洋治の指が侵入すると、ざらりとした茂みの感触。かき分けて蜜襞《みつひだ》の入り口までたどり着きまさぐる。柔肉のぷにぷにした手ざわり。割れ目に思い切って指を押し込むと、とろとろに熱い雌汁が溢《あふ》れていた。

「ねえ、こんなになってる」

洋治は春菜の耳元で低く囁《ささや》き、小さなブルーダイヤのピアスが光っている桃色の耳たぶを、軽く噛《か》んだ。

「あ、だめっ。そこ、よわい……の」

春菜がぶるっと震えて、か細い首をすくめた。ここが性感帯か、洋治は右手でがっちり春菜を抱え込み、左手で、尖りきったクリトリスをつんつんとつつき、右の耳たぶの後ろにねっとりと舌を這わせた。とたんに淫肉の奥からどっと粘《ねば》っこく熱い愛液が溢れ出してきて、春菜が大きくのけぞった。

「はあっ、あぁっ、ああんん」

洋治は自分のズボンの下の男幹が、ぐんと猛《たけ》り充血するのがわかった。久しぶりにいきりたっているそれが、早く解放して欲しくてブリーフの中で憤《いきどお》っている。

たまらず洋治は春菜の薄いパンティを引き下げ、熱い陰部とうらはらに、やけにひんやりとした桃尻をむき出しにして、ぐいっと二本指を肉路の奥まで突きたてた。ぷにぷにした肉の合わせ目がきゅうっと指を締め付ける。

「あうっっっ」

春菜が喘《あえ》いだ。はっきりした歓喜の声。

じゃっ、と、洋治はズボンのジッパーを下ろした。ブリーフを押し下げると、びん、と天を頂《いただ》いて赤銅《しゃくどう》色にぬらぬら光った剛棒が顔を出した。つかんで春菜に見せる。

「ほら」

春菜が薄目を開けて欲望に潤《うる》んだまなざしでそこを見つめる。さっきの激しい口づけで、生々しくサーモンピンクのルージュが剝《は》げている。半ば開いた唇からは、赤い舌がちろりと覗《のぞ》いた。洋治は片手で春菜の右手を引き寄せ、脈打っている熱い肉棒を握らせた。春菜の手はしっとりと温かく、そうっと卵でも包むように洋治のペニスを握っていたが、ゆっくりとそのまま愛《いと》おしそうに擦《こす》り始め、それが次第に力がこもってくる。快い痺《しび》れが洋治の下半身を走り、亀頭の先から透明な滴《しずく》がすうっと垂れる。

と、ふあっと女が洋治の股間にひざまずいた。春菜は両手で血管の浮いた男根を包むと、ほうっと息をつぐ。

「ああ、これ、久しぶり……こんなに……」

後の言葉は洋治のペニスと共に、春菜の口の中に呑《の》み込まれた。

「う……っ」

今度は洋治がうめく番だった。思いもかけない春菜の大胆な振る舞いに、戸惑いつつも興奮と喜びが全身を包む。ああ、あのあこがれのマドンナが、今、俺のちんちんをくわえてくれているのだ。鼻の芯がじーんと痺れた。いかん、最近どうも涙もろい。でも、俺は感動しているんだ。仕方ないじゃあないか。

ひたすら東京駅に向かって走る新幹線のグリーン個室の中で、今、一五年の想いが叶《かな》えられようとしているのだ。

2

その日、朝いちの東京駅発「やまびこ四一号」の指定席は、意外に混んでいた。乗り込んでくるのは皆、ビジネススーツに身を包んだ、眠そうなサラリーマンばかりだ。

(俺もあんなくたびれた顔してるんだろうな)

窓際の座席に深く腰を下ろして、あたりを見回しながら佐藤《さとう》洋治はそう思った。

今月に入って、二回目の仙台《せんだい》出張である。仙台と言えば杜《もり》の都、そこへの出張とは響きはいいが、その実仙台からまたローカル線を乗り継いで、あちこち小さい旅館やらホテルやらに業務用の食器洗い機を営業して歩く仕事だ。去年からノルマが急に厳しくなり、こまめに歩いて回ってもこの不況下、なかなか業績は伸びない。一度出向くと、二、三日はあちらに行きっぱなしで家にも帰れない。一日中足を棒にして営業して回って、安いビジネスホテルでアタリメをかじりながら発泡酒を空《あ》けるだけの出張なのに、女房は、

「いいわね、毎週のように旅行に出られて、あたしなんか新婚旅行以来、スーパーまでしか出たことないわよ。あーあ、あたしも息抜きしたーい」

などと、見当違いの嫌みを言う始末だ。子供を産んでから、身体は二倍の大きさに膨《ふく》れ上がり愛想は半分になった。忙しさが倍増したわりには給料は現状維持、今年はボーナスもなしというていたらくでは仕方ないのかもしれない。が、たまに夫婦の交流を、と思って、肉の塊と化した女房に手を出そうとしても、

「疲れてるのぉ！」

と、にべもなく太い腕で振り払われるこっちも立つ瀬がないと言うものだ。

一人娘も、小学校低学年までは、

「パパ、パパ」

と子犬のようにまとわりついてきた。五年生になったとたん、必要最小限の口もきいてくれないどころか、洋治が近づいただけでじろりと陰険な目でねめつけて、おねだりされて買ってやった携帯を後生大事に抱え、友達にメールばかり打っている。こうして女房と娘を比《くら》べてみると、愛想のないところばかりどんどん似てきて、洋治は帰宅しても、他人

の家に間借りしているようなすうすうした気持ちを抱いている。

今朝も、五時起きした洋治を、誰も見送らなかった。洋治は一人で、もそもそトーストをかじり、女房と娘がまだ寝ている二階に向かって、

「行ってくる……」

と、ぼそりとつぶやいて、家を出た。

三五年ローンで買った、この旗《はた》の台《だい》の小さな一戸建ては、まだ返済が二〇年以上残っているというのに、はやくも外装が色あせて、ドアなど閉めるときに力を込めないときっちり閉まらない。なんだか今の俺みたいだな、と、洋治は苦笑してしまう。


発車の合図が鳴り、「やまびこ四一号」はするすると動き出した。

洋治は座席を少し傾けて足を伸ばし、目を閉じた。仙台までおよそ二時間、早起きで寝不足な分を、ここで補うのである。

ふっと、空いていた隣の席に誰かが腰を下ろす気配がして、鼻腔《びこう》をくすぐる微香性のフレグランスの甘い香りと共に、控えめなアルトの女性の声がした。

「失礼します」

洋治は目をつぶったままうなずいた。と、女性のフレグランスに混じって、刺激的なミルク臭がする。そして、

「あああああ、うんぎゃぁ」

という、かつて洋治にも耳馴染《なじ》みのあった声がした。赤ん坊だ。

ちっ、と洋治は心の中で舌打ちをした。

新幹線で子連れと隣り合うほど嫌なことはない。今まで快い思いをしたことは一度もなかった。

がたがた座席を揺らす。人の足を踏みつけて通路に飛び出す。ピコピコ耳障《ざわ》りな電子音を響かせて携帯ゲームをする。袋もののお菓子をばりばり忙《せわ》しなく貪《むさぼ》る。泣く、わめく、哄笑する。そして、そういう子供の親ときたら、必ずと言っていいほど知らん顔して、自分たちの暴君のするがままにさせておくのだ。ある時、あまりにうるさくはしゃぎ回る四歳くらいの男の子に軽く注意をしたところ、頭を金色に染めて眼のふちを真っ黒に化粧した、四六時中ガムを嚙んでいる若い母親に、ものすごい形相《ぎょうそう》で睨《にら》み付けられた。しかもその母親ときたら、福島《ふくしま》で降りしなに、

「クソオヤジ」

と、捨てぜりふを吐いていったのだ。

(朝から最悪だな)

洋治は溜息をついた。

案の定、三〇分もすると隣の席の赤ん坊は、ぐずぐず泣き始めた。母親らしき女性は、

小さい声でよしよしとあやしているが、子供は泣き止まないどころかだんだん声が高まっていく。洋治はわざとらしく、ごそごそと身をよじって見せた。

「申しわけありません」

その女性はあせったような小さい声で謝ると、子供をあやし続けたが、ますます甲高《かんだか》い声が車内に響きわたるだけで、洋治は今度は咳払いをして見せた。

と、隣の女性がすっと立ち上がり、赤ん坊を抱いて通路を出ていく気配がした。泣き声が遠ざかり、ドアが閉まって声がとぎれた。やれやれ、目をつぶったままの洋治は、またうとうとしはじめる。

郡山《こおりやま》に到着したアナウンスで、ふっと目を覚ますと、隣の席は空のままだった。再び目を閉じようとした洋治に、

「あのぉ、坐ってもよろしいでしょうか」

と女性の声がした。ふっと、振り向いて顔を上げると、白いツーピースの上下を着た三〇代の女性が隣に立っている。その両腕には青い着ぐるみに包まれた二歳くらいの赤ん坊がすやすや眠っている。先ほどの、隣の席の女性だ。洋治はその時初めてまともに女性の顔を見た。はっとした。色白の瓜実顔《うりざね》、軽く栗色にカラーリングしたセミロングの髪、きれいに弓なりに描いた眉、涼やかな二重瞼《まぶた》、ふっくらした唇、美しい女性だった。が、頬のあたりにやつれたような色が濃く、それが美貌を全体に寂しげなものにしていた。

（どこかで会ったことが？）

洋治は記憶をまさぐったが、わからなかった。女性はもう一度丁寧に尋ねてきた。

「子供は寝かしつけました。そこ、いいでしょうか？」

洋治は頬が熱くなるのを感じた。自分が追い出したみたいになったこの女性は、ずっとデッキに立って子供をあやしていたに違いない。

「どうぞどうぞ」

「すみません」

女性はゆっくり座席に腰を下ろした。さっきまで壊れたサイレンのようにわめいていた赤ん坊は、今は天使のように静かに熟睡している。再び女性のフレグランスが微かに香った。

列車が走り出した。赤ん坊を抱いてうつむいて坐っている女性の横顔を、洋治はちらちらと盗み見た。確かにどこかで会ったことがある。頭のどこかでこつん、と引っかかる記憶がある。落ちつかない。しかしまさか出来の悪いナンパみたいに、

「どこかでお会いしませんでしたか？」

などとは、聞けるわけもない。

我慢できなくなった洋治は、思い切って話しかけた。

「こんな、朝早くからお子さん連れで大変ですね」

女性は少し疲れたような笑顔で答えた。

「ええ、早朝赤ん坊と出かけるのは、なかなか……」

「ご旅行ですか？」

「いえ、夫の実家が仙台でして、そこへ」

「ああ……お祖父《じい》ちゃんお祖母《ばあ》ちゃんに孫の顔を見せに……」

「そういうのだと、いいのですが……」

女性の表情が微妙に曇った。洋治はそれ以上話の接《つ》ぎ穂もないまま、黙るしかなかった。その後仙台に到着するまで、赤ん坊は眠り続け、二人は黙ったままだった。一度だけ、腕がはずみで女の肘とぶつかったときのその暖かく柔らかな感触に、洋治は自分が妙に興奮していることに気がついた。微かに股間がうずくのを感じ、あせって膝の上に読みさしの週刊誌を広げた。なにやってるんだ、俺は朝っぱらから。

仙台に到着すると、女性は素早く立ち上がり、洋治に一礼して、そのまま去っていく。洋治もあわてて立ち上がり、ホームに降り立ったときには、もう、女性の姿は人混みの中に埋もれて見えなかった。

3

子連れの女と出会ったその出張から帰宅した洋治は、自宅の風呂にゆっくり浸《つ》かりながら、女のことを考えていた。

（いったい、どこで会ったのだろう、俺の記憶違いなのだろうか）

ばしゃばしゃっと風呂桶で顔を洗い、ふうっと深呼吸すると、洋治は苦笑いした。

（ダメだな、三七にもなると物覚えが全然だ。これでも学生の時には暗記物は大得意だったのにな）

と、ぴかっと脳裏に閃《ひらめ》くものがあった。

洋治はざばっと立ち上がった。濡れた身体にバスタオルを腰に巻いたままで風呂場から飛び出して、女房と娘に罵声《ばせい》を浴びたが、聞く耳も持たず、納戸《なんど》に飛び込んだ。積み上げてあるがらくたの段ボール箱を掘り返し、すっかり埃《ほこり》だらけになり湯冷めした頃に、やっと一番下の段ボールの中から、古びた一冊のアルバムを取りだした。

もどかしく指でぱたぱためくっていく。流行に逆らった長髪と引きずるような裾のほどけたジーパン姿の二〇歳の大学時代の洋治の姿。友人と、彼女と、若さに輝いている自分。そして。アルバムの一番最後に、ひっそりと幾葉かの写真がしのばせてあった。

ウルフヘアと呼ばれた当時人気があったヘアスタイルで、健康にふっくらした頬に真っ白い歯を光らせて微笑《ほほえ》む娘。恥ずかしそうに水着姿でぎこちなくステージに立って手を振っている娘。物思いに耽った表情でキャンパスの一隅にたたずむ娘。それこそが、あの、隣の席にいた女性だ。

一五年前のミス・キャンパス。

洋治は気恥ずかしい青春の思い出に、胸がいっぱいになった。そう、たしか、遠藤《えんどう》春菜といったっけ。彼女はキャンパス中に顔が知れ渡っていたが、無論彼女のほうは洋治のことなど知らない。友人に頼んでもらって隠し撮りしたこの写真で、下宿で何度もオナニーしたものだ。あの頃のスペルマは、量も飛距離も相当なものだった。そういえば、最近はオナニーもしていないぜ。

彼女の写真を見つめているうちに、むくむくと股間が充血してくるのに気がついた。今夜女房に挑もうか、しかしあのトドのような浅黒い巨体を頭に思い浮かべただけで、しおしおと愚息がうなだれていくのだった。

次の仙台出張には、少しだけ期待があった。もしかして彼女に再会できるのではないか。だが、下りの「やまびこ」には、彼女はいなかった。洋治は未練たらしく全車両を捜してみたが、考えたら彼女がしょっちゅう仙台に行くというわけではないだろう。あれが最後の出会いだったのだ。少年のように少し胸をときめかせた自分が、おかしかった。

三日後、上りの二一時三八分発の「やまびこ」に乗り込んだ洋治は、最後尾車両に、彼女の姿を見つけた。さすがに乗客がまばらな席の一番奥の窓際に、彼女は熟睡した赤ん坊を膝に乗せて、疲れ切ったようにもたれていた。洋治はその孤独そうな姿に、しばらくどうしようかと迷ったが、いかにもわざとらしい声をかけた。

「今晩は。偶然ですね」

女は、いぶかしげにこちらに顔を向けた。洋治はなるたけ気さくに、

「あの、半月前くらいに朝いちの『やまびこ』で隣の席になったものですよ」

女の顔が少しゆるむ。

「ああ……あのときは子供がうるさくて失礼しました」

洋治はあわてて鞄《かばん》の中から、乗車前に買っておいたビール缶を取り出し、

「あの、少し飲みませんか、あの、いえ、ご迷惑でなければ、僕も一人だし……」

しどろもどろな自分が情けない、いい年をして。しかし考えたら、もうずいぶん女房と娘以外の女性とは喋《しゃべ》ったことがないような気がした。生真面目な洋治は、風俗や水商売の女性と遊ぶということもなしに生きてきたのだ。赤面した洋治の姿に、女がふっと微笑んだ。

「隣、空いてますよ、どうぞ」

洋治はほっとして女の隣に腰を下ろした。向かいの席も空席で、女は大きなバッグから毛布を出して寝ている赤ん坊を包み、そっとそこに寝かしつけた。

「ああ、膝が痺れちゃった、寝ている赤ん坊って意外に重いんです」

女はほっとしたようにつぶやいた。洋治が口を開けたビールを渡すと、白い喉を反らせて、ぐっと一口飲み干した。そしてはあっと大きな溜息を一つ。

「ああ美味《おい》しい。ビールなんて久しぶり。あっちで飲むと姑《しゅうとめ》さんにしかられちゃうの」

「よく、あちらにお出かけで？」

女は両手で包んだビールを見つめながら、

「毎週、なんです」

「赤ちゃん連れで？」

「姑は持病があって、私がしょっちゅうお世話に行かないといけないの。死ぬ病ってわけじゃあないのよ。でもすぐ死ぬ死ぬって、電話してきて、私はそのたび子供連れで飛んで行かなくちゃいけないの」

「……大変だ」

「あなたも、お仕事で？　大変ですよね」

女はもう一口ビールをあおると、早くも桃色に上気した頬を向け、洋治の方に少し身を乗り出した。甘いフレグランスの香り。洋治はどぎまぎした。

「いや、仕事ですから。あ、僕は佐藤洋治ともうします」

「私、中田《なかだ》春菜です」

ああ、やっぱり、彼女はミス・キャンパスだ。洋治の胸の中が甘酸っぱい思いでいっぱいになる。

「あの、僕、〇〇大学出身なんですが、あなた、もしや、同じ大学じゃあありませんか？」

女はびっくりした顔で洋治を見返した。

「え、ええ、〇〇大学です。けれど、どうしてわかったの？」

洋治はビールを飲み干して、秘密めかして言った。

「ミス・キャンパス」

ぱっと女の顔が赤らんだ。それから少女のようにころころと笑い出した。

「あははは、いやだぁ。覚えていたのぉ？　もう、やだやだ恥ずかしいー。夫にも隠している過去の恥なのにぃ」

その瞬間、生活に疲れた人妻は、ぴかぴかの二〇歳の娘に戻ったようだった。洋治はまぶしそうに顔を伏せた。しかし、女は、ひとしきり笑ったあと、どっと老《ふ》けたような暗い顔つきになる。

「あの頃はよかった。若くて希望に満ち溢れていて、あの頃がピークよね。もう、すっかりダメ、若くも美しくもないただのおばさん」

「そんなことないですよ、今だって十分……」

「まさか、夫だってぜんぜんかまってくれない。もう、女じゃないもの」

洋治は、俺、酔ったかな、と思いながら、

「そんな、俺には十分魅力的だ、その、その、なんというか、ミス・人妻?」

女が爆笑した。

「いやだぁ、佐藤さんておかしい、もうっ」

目尻に涙をためて笑い転げた女は、ふうっと洋治に身を寄せる。柔らかな感触、熱い体温。洋治の全身が固くかあっと熱くなる。そんな洋治に気が付かないのか、女はそのまま話しかける。

「九号館の学食のカレーが美味しかった」

「あ、僕、いつも九号館の前の噴水のところでフォークギター弾いてました」

「え、もしかして浜田省吾《ハマショー》とか、歌ってた長髪のひと?」

「あ、それ僕です」

「覚えてるぅ、すっごく音痴《おんち》で」

「ひっどいなぁ」

二人はひとしきり、若き思い出話に花を咲かせた。

「ああ、こんなに笑ったの久しぶり」

女が、少し酔って潤んだ目で洋治を見上げた。洋治はその半ば開いた赤い唇を見つめる。思わず顔を近づけようとしたとき、ふうううんぎゃあ、と、向かいの赤ん坊が泣いた。

二人は、ぱっと身を離す。女は赤ん坊をそっと抱き上げてあやしながら、洋治の方を見ずに言った。

「佐藤さん、次の出張はいつです？」

洋治は女の真意もわからず、反射的に答えた。

「再来週の火、水、木ですけど、いつも朝いちと最終の『やまびこ』で……」

女は微かにうなずいて、つぶやいた。

「再来週」

4

再来週。

洋治は、密かな甘い期待を胸に「やまびこ」に乗った。しかし下りでは春菜には出会えず、上りの車両もくまなく歩いてみたが、春菜の姿はなかった。

自分の席に戻って、夜の窓ガラスに映る自分の顔を見つめ、自嘲気味に笑った。

（バカだな、俺も）

と、ガラスに春菜の姿がすうっと映った。くっきり身体のラインの出る濃い紫のニットの上下を着て。驚いて振り向く洋治。

「ど、どこから？」

春菜は、思い詰めた顔でじっと洋治を見つめながら、

「グリーン車の個室を取りました。一三号室です」

そして、そっと白い手を差し出し、洋治の右手に重ねて、それからくるり、きびすを返して立ち去った。

洋治はしばらくぼんやり坐っていたが、深呼吸をして立ち上がり、一三号室に向かった。

個室をそっとノックすると、春菜がすぐドアを開け、洋治は中に入る。二人掛けのシートが向かい合う狭い個室。傍らにベビーベッドが備え付けてあり、春菜の子供がすやすやと寝息をたてていた。洋治は棒のようにドア口に立ちすくんでいた。甘やかな期待を胸に潜ませ、訪れたものの、なにをどうしたらいいのか。

春菜がベビーベッドの傍らで、赤ん坊の寝顔を見下ろしながらつぶやいた。

「ずっと……女じゃなかったんです、妻、嫁、母……その繰り返し、夫は、この子が産まれてからずっと、私に指一本触れません。若い愛人がいるようです……」

洋治は黙って聞いていた。

「だから……あの時、佐藤さんに『ミス・キャンパス』の話をされて、ぱあっとあの頃が甦《よみがえ》って。ええ、男たちにちやほやされて、いい気になっていたあの頃。こんな寂しい人生が待っているなんて、考えもしなかった……」

春菜は、突然振り向き、洋治の方を見ないでぐいっとニットのセーターを脱いだ。真白いレースのブラジャーに包まれた豊かな白い胸がまろび出て、洋治は思わず目を逸《そ》らせた。なにか、見てはいけない神聖なものを見たような気がした。春菜はうつむいて、そっとブラジャーを外した。

ふるるん、と、洋治の目の前にふくよかな乳房がこぼれ出た。

春菜は潤んだ目で、洋治に訴えた。

「女、に、してください」

「やまびこ一七〇号」のグリーン個室の中で、たわわな乳房をぷるぷる揺らせながら、春菜は洋治のペニスをしゃぶっていた。

春菜の口はどん欲だった。可愛らしい口元をあんぐりして思い切り開け、喉の奥まで洋治の肉棒を呑み込んでいく。

「んっ、んっ、んむぅ」

春菜は微かに呻きながら、さらさらと髪を揺らして頭を前後させる。洋治の股間からじゅじゅぷっじゅぷっじゅぷという淫猥《いんわい》な音がたつ。春菜はなま温かい舌を丸めるようにして洋治の鈴口を包み込み、亀頭をれろれろと刺激したかと思うと、くりくりと裏筋に添って舌を這わせ、それと同時に優しく両手で玉袋を包み込み、揉みしだく。じんじんした快感が下半身を包み、肉棹がいちだんとがちがちに熱く硬くなる。洋治が呻いた。

「ああ、君、君のを、君のも、舐めさせてくれ」

ふうっと、夢から醒めたように 春菜はちゅるりとペニスを吐きだし、洋治を見上げた。薄く膜がかかってとろんとした眼差しでじっと洋治を見つめると、静かに立ち上がり座席のレバーをがくんと倒した。座席はまっすぐに後ろに倒れ一枚のベッドのようになる。洋治は背後から春菜を抱きしめると、そこへ押し倒した。彼女を仰向けにし、すらりとした両脚からずるずると脱ぎかけのパンストとパンティを抜き出す。手をかけて膝を割って、M字型に脚を開かせ、真っ白い鼠蹊《そけい》部に手をやった。

意外に黒々とした茂みが、欲望の露でじっとりと濡れて、その奥にくつろぎきって開いた真っ赤な淫肉がぱっくり口を開けている。洋治はぷっくりした外側の肉襞を広げ、肉色の秘裂の上に瑪瑙《めのう》のように光る女核にそろそろっと顔を近づけ、いきなりぶちゅっと吸いついた。

「あはうっ」

ぶるん、と乳房を震わせて春菜が電流に触れたようにのけぞった。洋治は口の中でぷるんと弾ける秘豆を、柔らかく歯を当てて、こりこり甘噛みした。

「あーっ、あっあっ」

春菜の喘ぎ声が甲高くなる。がくがくと開いた両膝が震える。じゅわぁっと熱い淫液が蜜襞の奥から溢れ出てくる。洋治はそれを舐め取るように、舌の先で何度も何度もクリトリスを擦り上げてやった。

「くぅ、あ、あっあっはっ、やん、あん、痺れる、やぁん」

子供のようにいやいやをして、春菜の背中が反り返る。退《ひ》こうとした彼女の細腰を抱えて、洋治はさらに淫核を舐め続けた。じゅるんと、わざと音を立ててぬめった淫汁をすり上げる。

「おいしいよ、春菜のここ、すごく美味《おい》しい」

「あ、い、いいっ、そこ、ああ、だめ、だめぇ」

春菜は右手の甲を強く噛みながら、声を抑えようとしている。頬がきれいなピンク色に染まり、額にうっすら汗がにじみ、ほつれ毛が幾本も張り付いている。その艶っぽい表情を見たとたん、洋治はたまらず立ち上がるとさっとズボンとブリーフを脱ぎ捨て、69の形になり、彼女の喘いでいる口元にはちきれそうになっている自分の肉茎を押し込んだ。

「む、ぐぅ」

春菜は苦しそうに呻いたが、逆らわずその逞《たくま》しいものをぐっとくわえ込む。そして洋治は洋治で、春菜の股間に顔を埋め、襞門に武者ぶりついた。

ちゃぷちゃぷ、じゅぷじゅぷ、ぴちゃぴちゃ、ふうふう、はあはあ、二人のお互いを貪りたてる卑猥な音と、激しい息づかいだけが個室に響きわたり、その部屋の隅にあるベビーベッドには、母親の狂態も知らずに、赤ん坊が健やかに眠り続けているのだ。

どちらが先に絶頂を極めたのかわからない、春菜の太股がぶるぶる震え、洋治の男根がびくんと痙攣《けいれん》した。春菜がぎゅうっと口蓋《こうがい》に力を込め、くぐもった断末魔の悲鳴を上げた。

「あぐうううううーっ」

その瞬間、洋治も爆発し、どくどくっと白濁した欲望の樹液を春菜の喉深く発射した。ぐびぐびと春菜の白い喉が上下して、それを嚥下《えんか》した。

絶頂を極めた二人はしばらくその形のまま、じっとエクスタシーの余韻を味わっていた。

5

洋治は、息を弾ませながら起きあがると、ぐったりしている春菜の身体を引き寄せ、まだひくついている肉襞にそっと自分の男根をあてがった。春菜は、はっと目を開けた。

「ま……た？」

洋治は、すでにむっくりと復活し猛り始めている肉棒を右手でしごきながら、にっこりした。

「今度は、君の中で」

洋治は彼女に覆い被さり、充血しきっている紅い秘裂を割って、エラの張った亀頭を思いきり沈めた。

「あっ、はぁぁぁーっ」

濡れきっている淫肉は、やすやすと洋治の男茎を根元まで呑み込んだ。春菜のそこは、切ないほど潤み、物欲しげに蠢《うごめ》いていた。

「ああ、入っちゃったよ、全部」

洋治はそのまましばらく動かず、じっと春菜の熟れ肉の感触を楽しんだ。そして、いきなり、ずうん、と激しく腰を打ちつけてやった。

「あうんっ」

抽送が開始されると、たちまち春菜の秘襞はうねうねと吸い込むような反応を示し、洋治の熱い肉棒をやわやわと真綿のように柔らかくしかし強靭《きょうじん》に包み込み締め付けてきた。

「あ、あ、締まるよ、いいよ、春菜さん、いいよ」

「ああ、感じる、感じるの、ああ、すごい、すごい、そこ、そこ、そこ、突いて、突いて、もっともっと、こねて、こねて、ああ、して、して、して、してぇ」

心も身体も解放されきった春菜は、いまや一匹の雌と化して、自ら腰を浮かせ、突き上げ、よがり狂った。快楽の源泉を求め、飢えきった女体は久しぶりのペニスを余すところなく味わい尽くし、絞り尽くそうとわなないた。

彼女の両脚をつかみ、ほぼ一八〇度に大きく広げ、激しく腰を突き出してやる。自分と彼女の分泌液に濡れただれた肉刀が、ぐちゅんぐちゅんと淫猥な音をたてて春菜の肉鞘《ざや》に出たり入ったりする光景を、洋治は一生忘れまいと凝視した。

「ねぇ、ねぇ、ああん、もっと、して、もっとよ、もっと気持ちよくしてぇ」

春菜の懇願に応えるように、洋治はずるりと男根を抜き出すと、おもむろに彼女の身体をひっくり返して、四つん這いにさせる。背後から見る彼女の尻たぼは左右に大きく張り出し、細い手足に似合わず、子供を産んだ女だけが持てるふてぶてしい逞しさに満ちており、挑むようにこちらに突き出されている。その尻肉を両手でぎゅうっとつかみ寄せ、洋治は後ろから赤黒い淫棒を突き刺した。

「はおうっ、ううん」

春菜が手足を突っ張らせた。真っ白い尻がふるふると震える。洋治は肉襞を擦り上げるようにして、上へ上へと突き上げる。

「ああ、当たる、当たる、ああ、おちんちんが、当たる、当たるの、ああ、いいの、いいの、いいのぉー」

洋治は春菜にのしかかり、汗とブルーダイヤのピアスが光る桜貝のような耳たぶをこりりと嚙みながら、息をはずませて囁く。

「おまんこ、いいのか？　言ってみろ」

「いやん、いやぁん」

春菜が耳まで真っ赤になって、頭を振る。

「言うんだ、いいんだろ？　おまんこいいならそう言うんだ。そうしないと、イかせてやらない」

洋治は意地悪く、ふ、と、腰の動きを止めてみせる。春菜の尻がもどかしげに揺すられる。

「いやんっ、やめないでぇ、してよぉ、ねえ、ねん、イかせてよぉおお」

「言うんだ！」

ずん、と、洋治が腰を突き出す。がくん、と、春菜の首が揺れる。

「あううっ、お、お……こ、いいっ」

「聞こえないよ！」

ずん、ずん、ずぅううん。

「はあっ、おまんこ……おまんこ、おまんこ、いいっ！」

ついに春菜が絶叫する。一度唇からこぼれでた禁断の言葉は、じゅずつなぎのように後から後から溢れ出てこぼれ落ち、彼女の最後の羞恥心の堰《せき》をどうっと切ってしまう。

「おまんこいいっ、おまんこいいっ、おまんこ気持ちいいのぉ！」

その絶叫にあおられて、洋治の中にかつてないほどの獣性が芽生える。洋治は崩れ折れそうになる春菜の身体を抱え上げると、ペニスを挿入したまま立たせてずりずりと移動させ、すさまじいスピードで夜景が走り去っていく窓ガラスに、両手を突かせた。夜の窓ガラスに、激しく喘ぐ二人の姿がくっきりと映った。

「ほら、見てごらん、いやらしい自分の姿を」

「いやあん、ああんひどぉい」

口ではそう言いながら、春菜は自分のあられもない姿を凝視した。洋治はきゅっとくびれた春菜のウエストをつかんで、激しく抽送を再開した。ガラスに映るたぽんたぽんと揺れる白い巨乳。それを片手でぐにゅぐにゅと乱暴に揉みしだき、もう片方の手はぐっしょり濡れ、淫汁を膝までどろどろに垂れ流している淫肉の合わせ目に伸ばして、勃起している敏感な肉豆をつまんでひねり上げた。びくぅんと春菜の身体が跳ねた。

「ひっ、ひぃいいー、そんな、そんなことしないで、死んじゃう、死んじゃう、おかしくなっちゃう、だめだめだめぇーーーっ」

「死ねよ、死んでみな。一度、死ぬんだ。さあ！」

すでに洋治の肉棒も膨れ上がり限界に来ている。びりびりとした電流のような快感がなんどもなんども股間に走り、狂おしい奔流が解放してくれと押し寄せる。

「あああ、死ぬ、ああ死ぬ、死ぬ死ぬ死ぬ死ぬ死ぬ死ぬ死ぬ死ぬ死ぬ死ぬ死ぬ死ぬぅ――――――っ!!」

春菜が、がっくりと首を垂れ、肉襞がぎゅーっと収縮し、びくびくっと激しく痙攣した。その瞬間、洋治の男幹から爆発したように男の精が放出された。と、同時に春菜の淫腔からじゅわぁっと熱いさらさらの潮が大量に溢れ出て、床にぽたぽたっと滴り落ちたのだ。

東京到着まで、あと一時間……

6

初冬の薄暗い朝まだき、洋治はいつものように一人で家を出る。誰も見送らないいつもの出張日。寒い。ぶるっと身を震わせ、肩をすくめて路を急ぐ。凍えそうな手足。しかし、洋治の心と股間は次第に熱く猛《たか》ぶっていくのだ。

いつもの始発の「やまびこ」。乗り込むと、洋治は小走りに通路を急ぎ、グリーン個室に向かう。

ドアを軽くノックする。すうっと開かれるドア。ふあっと香るいつもの香水とともに、春菜の美しい顔が微笑む。その顔には以前のような暗い影はもうない。洋治が身を滑り込ませる。春菜が固く抱きついてくる。彼女の身体も欲望に熱くたぎっている。

仙台まで二時間、燃えつきるまでの時間はたっぷり用意されている。

闇の中の初体験

堂本　烈

著者・堂本《どうもと》　烈《れつ》

本シリーズ初登場。一九九九年、「マドンナメイト文庫」でデビュー。二〇〇一年からの週刊プレイボーイ「ただいま淫交レッスン中」が異例の長期連載へ。他にも雑誌やスポーツ紙などで、多くの連載をかかえる人気作家に。

1

夕暮れ間近のホテルの客室に、男が一人と女が一人。

ホテルは交通量の多い新宿《しんじゅく》副都心に建っているものの、この部屋は地上から約二百メートルの高さにあり、さらに窓にはぶ厚いガラスが二重にはめこまれているため、街の喧《けん》騒《そう》からは隔絶《かくぜつ》されている。

部屋の広さは、ほぼ百平方メートル。リビングルームには、二方向に窓が設《しつら》えてあり、窓の外には茜《あかね》色の夏の夕暮れが広がっていた。その窓から少し距離を空け、L字型のソファセットとテーブルが置かれている。L字型の一辺にあたる位置に男が腰掛け、その左手に女が座っていた。

鹿島秀之《かしまひでゆき》は、テーブルの上にICレコーダーを置いた。緊張のせいで、手のひらに汗をかいている。その汗が、機器表面の銀色のステンレスにまとわりついた。

続いて、録音用のMDプレイヤーも置く。こちらにも、手の汗がしっとりとついていた。

「両方で録音するの？　ずいぶん念入りなのね」

秀之の左手に座っている女が、つぶやいた。

あがり気味のつぶらな瞳で、くっきりとした二重《ふたえ》のために実際の大きさよりもぱっちりと開いて見える。全体としては小さく、それでいてつんと形良く隆起した鼻筋。唇は小ぢんまりしていて、やや厚い。そのため、鮮やかな赤い口紅の色が映《は》えていた。

「そりゃあ、あの弥生《やよい》みつきさんのインタビューですからね。慎重に、ですよ」

秀之《ひでゆき》がそう言うと、女は、

「やだなあ。そんなよそよそしい言い方、やめてよ。元クラスメート同士、本名で呼んでくれてもいいじゃない。それともひょっとして、私の本名なんか忘れちゃったとか？」

「そんなわけないじゃないですか！　……じゃあ、わかりました。いや、わかったよ、津《つ》田奈々香《だななか》。今日はうちの雑誌の独占インタビューってことで、よろしく」

「こちらこそ、よろしくね」

奈々香が軽く頭を下げると、やや茶色がかった長い髪が揺らいだ。

奈々香は、白地に青や緑の花が小紋のように散りばめられているキャミソールワンピースを着て、その上に薄手でリブ編みのカーディガンを羽織《はお》っている。キャミソールワンピースの胸元は大きく膨《ふく》らんでおり、その膨らみの上に髪の毛先が乗っていた。

秀之は、テーブル上のＩＣレコーダーとＭＤプレイヤーに手を伸ばす。両方の録音スイッチを押しながら、

（不思議な縁だ）

と、胸の中でつぶやいた。

そう、秀之と奈々香は、確かに元高校のクラスメートだった。一年生の時の一年間だけだったが、同じ教室で机を並べていたのである。そして、それから十二年。共に二十八歳になった今、二人の立場は異なっている。

秀之は、ごく小規模な出版社勤務。総合月刊誌を担当しているが、小所帯なうえにまだ若手とあって、記事を書くだけでなく、カメラマンのアシスタントまがいのことからテープ起こし、さらには取材現場での使い走りなどなど、あくせくと働いている。

いっぽう奈々香は、十六歳でアイドルデビューし、その後女優に転身。すでにいくつものテレビドラマの主役を務め、レギュラーCMを数本抱えているという華々《はなばな》しさなのだ。

(本来なら、うちの雑誌で独占インタビューなんて、難しいはずだ)

奈々香——というより弥生みつき——クラスの女優の場合、大々的な独占インタビューとなると、秀之が所属する小さな雑誌では相手にしてもらえないことが多い。

(まして、余計な〝お付き〟がいないなんてな)

今日のインタビューには、彼女のマネージャーが同席するはずだった。が、そのマネージャーが急性虫垂炎《ちゆうすいえん》になってしまい、代わりとなるスタッフもいなかったため、二人きりで差し向かいという状況になったのだ。

(それもこれも、俺と彼女が元クラスメートだったからか)

自分の所属する雑誌に取材ＯＫを出したのも、二人きりのインタビューを辞さなかったのも、奈々香の意志らしい。「相手が鹿島くんなら、断れないもの」と言って引き受けたらしいのだ。秀之は、今日の巡り合わせに感謝しながら、

「それじゃ、はじめようか」

と言って、奈々香をちらっと見る。奈々香が、こくりとうなずいた。

今日はカメラマンもいないから、撮影は秀之自身が行わなければならない。まずは、何枚かの写真を撮った後、インタビューに入る。会話そのものは、何事もなく進んでいった。

(津田、変わったような、全然変わっていないような)

奈々香の唇から紡《つむ》ぎ出される言葉を聞きながら、秀之は不思議な気持ちだ。

もちろん、目の前にいるのは、かつて机を並べていた女子高生ではない。すでに実社会でキャリアを積んできた大人の女性だ。

そのいっぽう、容姿と声は年齢の割に少女じみている。丸くつややかな頬と下瞼《まぶた》のぷっくりした涙袋は、正統派美人の系統からは外れるかもしれないが、同時に幼児のあどけなさを連想させ、見る者に安心感を与える。声は、喉奥でころころと鈴が鳴るような甘い響きで、この声だけでも人から好印象を持たれるだろう。

二十八歳にしては可愛らしさとあどけなさを漂わせる奈々香。その彼女を前に、秀之は

緊張とときめきを感じながらインタビューを続けていく。次回作のドラマの話題、そして、家族構成や生い立ち、幼少時のエピソードなどを、次々に尋ねていった。

ことに、彼女が高校一年生の時の話柄《わへい》になると、話も弾んだ。何しろ、元クラスメートだ。奈々香は、一年生を終えた時点で芸能人が数多く在籍する高校に転校してしまうのだが、それまでの一年間は一緒に学園生活を過ごしてきたのである。共通する話題も多く、奈々香の話に秀之が応えると、それに応じてまた奈々香も新たな記憶を呼び起こした。同級生ならではの話柄を続けるうちに、二人はなんとなく十二年の歳月をさかのぼっていく気分になっていく。男子はグレーのブレザーに臙脂《えんじ》のネクタイ、女子は紺のセーラー服にプリーツの入ったスカートという、制服姿だったあの頃にである。

「一年間だけだったけど、あの時の高校生活、楽しかったな。あのクラス、みんな仲良かったし」

奈々香は、往時を思い出しながら遠い目をした。

「津田は、三学期の期末試験が終わってすぐ次の日に転校しちゃったんだよな？」

「うん。だけど、試験終了の打ちあげにも、ちゃんと参加したよ」

「来てたな。あの時は、大人数で学校帰りに飲み会に繰《く》り出したんだった。飲み過ぎる奴がいっぱいいて、大騒ぎだったなあ」

「何よ、人ごとみたいに。私、あの時に鹿島くんだってめちゃくちゃ酔っ払ったの、覚えてるからね」

奈々香が笑いをこらえながら言うと、秀之が「まあな」と言って顔をしかめてみせた。

奈々香が「でもね」と言葉を継ぐ。

「みんな、打ちあげと一緒に、ちゃんと私の歓送会もしてくれたな。みんなで寄せ書き書いてくれたりして、嬉しかったよ」

「ま、特に男どもにすりゃ、淋《さび》しさを紛らわせるために無理矢理盛りあがった、っていうのもあったのさ。何しろ、津田は男子に人気あったのに、その子が転校しちゃうんだから」

秀之もまた、遠い目をしながら十二年前を思い出す。奈々香は、当時から愛くるしさを漂わせていた少女で、クラスのみならず校内を通じて男子たちのアイドルだったのだ。

「へえ。私、そんなに人気あったんだ。なんか、照れちゃうな」

くすりと微笑《ほほえ》む奈々香の顔つきは、まさに少女のようだ。

「じゃあさ、鹿島くんは私のこと、どんなふうに思ってた？」

奈々香が、いたずらっぽく笑いながら秀之の目を覗きこむ。秀之は、思わず吹き出してしまった。

「どうもこうも、そりゃあ、美幸《みゆき》の親友、さ」

「だよね。私は、鹿島くんがつきあってる女の子の友達、だったよね」

「うん。津田は、美幸と親友だったもんな」

秀之が、往時を思い起こす。髪型も背格好もよく似ていた美幸と奈々香。もっとも、容姿のほうは、愛くるしさ溢《あふ》れる奈々香に比べ、美幸はごく平凡な顔立ちだったものの、当時の秀之にすれば、美幸は大切な恋人、奈々香はその大切な恋人の親友という存在だった。

「ね、鹿島くん。その後、美幸とはどうなったの？　二年生になって、それ以降は」

「うん」

「なぜ知らないんだ？　津田、転校してからは、美幸と全然連絡を取らなかったのか？」

「なんでまた？　一年生の時は、あんなに仲が良かったじゃないか。……いや、まあいいか。実はな、俺たち、秋に結婚するんだよ。もう一緒に暮らしてるんだ」

「そう……なんだ」

奈々香が、目を大きく見開いた。

「何しろ高校時代からのつきあいだろ。その間に別れたり他の奴とつきあったりまたくっついたりとかあったけど、結局、お互いやっぱり離れらんないってことでな」

「そうだったの。……よかった。本当によかった。おめでとう。私、ほっとしたよ」

「ああ。ありがとう」

秀之は、奈々香に向かって軽く頭を下げながらも今ひとつ合点がいかない。「おめでとう」はわかるとしても、何に「ほっとした」のだろう。

「しかし、こんな話題まで話せるとは思わなかったな。雑誌的におもしろくするんなら、ここらで男関係のこととか突っこんで訊いたりするところだぞ」

「やだあ、鹿島くんたら」

奈々香は、怒りもせずけらけらと笑っている。その反応に気を良くした秀之は、ついつい調子に乗って、

「あと、初体験のこととかな。ははは」

などと口走ってしまった。まさかそんな話柄に奈々香が乗るはずもなく、ちょっとした冗談のつもりだったのだ。しかし、

「…………」

奈々香は、一転して表情を引き締め、沈黙したまま秀之の顔を見据えた。

(津田?)

奈々香の反応にとまどう秀之。やがて、奈々香の視線が卓上のICレコーダーとMDプレイヤーに向けられ、再び秀之に戻る。

(録音を切れ、ってことか)

どうやら、自分が冗談で言った質問に、本当に奈々香は答えるつもりらしい。その意図を察し、両方の電源を切る秀之。奈々香はその様子を見ると、すっと息を吸い、

「話すわ」

と、小さく、しかし重々しい口調で告げた。

「ただ、その前に、鹿島くんの初めての時のこと話してくれる？　正直に、包み隠さずに、正確に思い出してみて」

「お、俺の？　いや、まあいいけど……」

意外な展開を不審に思いながらも、秀之はうなずいた。

「じゃあもう、正直に包み隠さず言っちまおう。俺の初めての相手は、美幸なんだ。そう、さっき話に出た、期末試験の打ちあげの帰りだった」

2

——試験も終わって、次の日から春休みだろ。解放感で、みんな盛りあがったよな。津田は飲み会の途中で帰っちゃったから知らないだろうけど、飲み過ぎて終電を逃しちゃった奴もいたんだよ。俺もその一人だった。そしたら、美幸が「始発が出るまで、私んちに泊まってきなよ」って勧めてくれたんだ。飲み会の会場から美幸の自宅までは、近かったからな。

そう言われて、ちょっと緊張したよ。だって、俺は美幸とまだキスしかしてなかったし、女の子の家に泊まったことなかったからな。泊まりがＯＫってことは、ひょっとしてキスの先も？　なんて、期待しちゃってさ。

でも、美幸につき添われて彼女の家まで行ったんだが、その途中ですっかり意識をなくしてしまった。美幸の家は二階建ての一戸建て住宅で、後で美幸に聞いたけど、幸い彼女の家族はもう寝静まってて、二人で忍び足で美幸の部屋に入るなり、俺はカーペットの上に寝転んですぐに寝入っちゃったそうだ。

びっくりしたのは、それからしばらく経ってからだ。

なんか息苦しくなって目を覚ましたんだよ。

あれ？って思ったら、美幸が俺の上にかぶさって、キスしてたんだ。

何時頃だったかは覚えてない。部屋に照明は点《つ》いてなかったし、外も真っ暗だった。美幸の顔だって、全然見えないくらいさ。その暗闇の中で、美幸の唇の感触だけはっきり感じられてね。

そのうちに、彼女のほうから舌を入れてきたんだ。さっき言ったように、美幸とはもうキスしたことはあったけど、彼女からそんなふうにしてくれたのは、その時が初めてだったよ。津田も知ってるだろうけど、ほら、美幸はおとなしい性格だし。

で、その美幸からそんなことをされて、驚いたけど、嬉しくもあったな。なんか、ほんとに恋人同士、って感じがして、俺のほうも舌を絡めていった。

ただ、何しろ、彼女の部屋に二人きりでいるところへ、キスされたわけだろ。すっかり頭に血が昇って、キスだけじゃ収まらなくなってしまった。唇をほどいて、起きあがるなり、美幸を抱きすくめちゃったんだよ。

気がついたら、美幸をベッドに押し倒して、俺はその上に覆い被さってた。俺はもう歯止めがきかなくなって、美幸の着てる物を脱がせはじめた。服を触ってるうちにわかったけど、美幸は制服姿だったよ。たぶん、俺と同じく、部屋に入るなり着替えもせずにばたんと寝入っちゃったんだろうな。

俺は服を脱がそうとあせるんだけど、ただでさえ制服を脱がせたことなんてなかったし、そのうえ真っ暗だろ。どこをどうすれば脱がせられるのか全然わかんなくて「明かりつけてもいいか?」って訊いたんだよ。そうしたら、こっちが痛くなるくらい、腕をぎゅって固く摑《つか》まれて。ああ、恥ずかしがってるんだな、気持ちはわかるけど困るな、なんて思ってたら、衣擦《きぬず》れの音がしはじめた。美幸、俺が途惑《とまど》ってるのを察して自分から脱いでくれたんだろう。それに気づいて、俺もまた急いで自分の服を脱いでったよ。

そして、俺と美幸は、ベッドの上で裸になって重なりあったんだ。

俺は、酔いと緊張で、ずっとどきどきしっぱなしだったよ。もう、無我夢中で美幸にのしかかってたように思う。美幸の表情とか、胸の膨らみとか細いウエストとか、そういうのももちろん見えなかった。見えないだけに、余計にすがりつくような気持ちで、あちこちに、キスしたり触ったりした。ひょっとして、加減とかわからなくて、痛い思いとかさせちゃったかもしれないな。

今ならほら、そういう時の段取りっていうかテクニックっていうか、そういうのもわかるんだけど、その時は何しろ、十六歳の童貞少年だろ。美幸も初めてっていうのはわかってたから、男の俺のほうがリードしなくちゃとは思ったけど、全然そんな余裕はなかった。とにかく、緊張やら嬉しさやら不安やらが、どっと押し寄せてたよ。ただ、女の子の身体は、なんて柔らかいんだろう、なんていい匂いがするんだろうって、そういうことに驚いたり感動したりした記憶はある。

でも、そんなことをしてたのも、ものの数分くらいじゃなかったかな。それだけで俺のペニスはもう——津田もわかるよな？——そういう状態になって、我慢できなくなっちゃったんだ。

それで、俺は身体を起こして、「美幸の中に入っていいか？」って訊いた。そうしたら、美幸は俺の肩を手のひらでくるんで、自分のほうに引き寄せたんだ。ＯＫしてくれたんだと思って、美幸の両脚の間に膝立ちになったよ。「いざ」ってわけだ。

ただ、初めてだし、そのうえ真っ暗だから、ちょっと手間取ったな。どこに入っていけばいいか、その時の俺には、わかりにくかったんだよ。やたらと気が急《せ》いて困ったけど、美幸は美幸で、俺の肩を摑んだ手のひらが汗でびっしょりだったし、身体を固くしてて、そんな状態の美幸に「どこが入口なんだ？」なんて訊けるもんじゃない。俺のは、美幸のあの部分で右往左往してたんだけど、しかし、なんとかなるもんだな。そのうち場所を探り当てることができた。

美幸のその部分に俺のが触れた瞬間、美幸が息を呑んで、いっそう強く俺の肩を握り締めたのを覚えてる。俺は「いくよ」って言って、そのまま押し入れていったんだ。

美幸も初めてだったから、中は、びっくりするくらいすごく硬くて狭かった。ギシギシと音がしてるような感触だったよ。俺は、自分ので美幸の中が傷つくんじゃないか、壊れたりしないかって、ハラハラしてたよ。本当はいろいろいたわってあげながらするべきだったんだろうけど、その時の俺には、無理だったな。美幸の身を心配しつつも、いったん俺のが全部中に入ってしまうと、その後は夢中で腰を動かしたりした。その時に処女膜も破れたんだろうけど、俺にはよくわからなかった。

美幸は辛いらしくて苦しそうに息を荒らげてたし、痛みを紛らわすためだったんだろうけど、俺の背中にしがみついてた。爪が立ってたみたいで、次の日に鏡で見たら、爪跡がしっかり十本分残ってたよ。もちろん、爪を立てられるのは痛かったけど、同時に、美幸が俺を一所懸命受け入れてくれてるんだと思うと、すごく嬉しくもあったな。そう、美幸の中は、温かくて、そしてちゃんと濡れてた。辛いは辛いだろうけど、それでもちゃんと、俺のことを受け入れてくれてるんだって、感動したよ。

で、俺は、できればその初めてのセックスの感動にずっと浸《ひた》っていたかったんだけど、美幸の身体のことを考えるとあまり長引かないほうがいいと思って、早く射精してしまおうと決めたんだ。ただ、成り行きからして、もちろんコンドームなんかつけてないし、持ってもいない。だから俺は「もう出そうだ。外に出すぞ」って小声で言ったんだ。そうしたら、美幸は俺の背中に爪を立てながら「だめ」って言ったんだよ。その最中に美幸が口をきいたのは、このひと言だけだったな。そのうえ、俺の首に両腕を回して、ぎゅってしがみついてきた。

「だめ」って言われて、俺は途惑《とまど》った。このままでいいのかよ？　ってね。だけど、しがみついてる美幸をふりほどくなんてできなかったし、それに、頭であれこれ迷うよりも、身体のほうが反応した。コントロールが利かなくて、そのまま出しちゃったんだよ。

俺が「あっ」って叫ぶと同時に、美幸の両腕にいっそう力がこもった。俺は、美幸と身体を密着させながら、いっぱい注ぎこんだんだ。それが、どのくらい続いたんだろう。ずいぶん長かったように思うけど、でも、実際はほんの数秒だったんだろうな。

その後、俺は、美幸から離れた。初めて女の子の体内に射精して、感動とか満足感に浸りながらぐったりしてたんだ。すると、じきに美幸が起きあがった。俺をベッドの上に座らせて、一瞬肩を押さえたんだ。「ここにいて」って意味かと思って、俺はそのままベッドに座ってたら、美幸は、ベッドを下りて、脱いだ制服を拾いあげるなり、無言のまま足音を忍ばせて部屋を出ていった。しばらく経ってからまた戻って来たけど、あれはなんだったんだろう？　風呂にでも入って身体を洗ってたのかな。

そして、しばらくすると戻って来て、デスクの上のスタンドライトを点けた。小さな白熱灯の明かりに、パジャマ姿の美幸の顔が浮かびあがった。その顔がなんだかちょっと淋しそうだったんで、俺は、何か悪いことをしてしまったのかと、一瞬、不安になったんだ。でも、美幸は俺の隣に腰かけるなり、「こんなことになってごめんね。でも私、秀之のこと、ずっと愛していくからね」って言ってくれた。何を謝ったのかよくわからなかったから、俺は『ごめんね』とか言うなよ。俺も、美幸のこと、ずっと愛していくからなって言って、美幸のことを抱きしめたんだ。

美幸は、「ありがとう。嬉しいよ」って言いながら、俺の顔を見あげた。ちょっと涙ぐんでる瞳を見たら、俺の中で美幸への愛しさがいっそう募って、今度は、俺のほうからキスしていった。俺が唇を押し当てるなり舌を差し入れたら、美幸はそのまま受け入れてくれて、その後俺たちは、ずっとずっと長い間、キスを交わしてたんだ――

「とまあ、これが俺の初体験だったよ。ちょっと生々しいこともしゃべってしまったけど。で、俺はその後、朝になって美幸の家族が目を覚ます前に家を抜け出して、自分の家に帰ったってわけだ」

秀之は語り終えて、奈々香のほうを見た。奈々香はいつの間にか目を閉じ、物思いに沈んでいるかのようだ。

「でもまあ、結果的にはその時の言葉通りになったな。いよいよ俺たちも結婚だし」

奈々香は、その言葉を聞くと瞳を開き、

「そうだね。よかったね」

と、うなずいた。

「ああ。ま、ここに至るまでにはいろいろあったけどな。そうそう、今思い出したけど、その数日後、美幸と二回目のセックスをしたんだけど、その時もあいつすごく痛がってさ。『こんなに痛いなんて』って涙目になってた。俺、初めての夜の時もずいぶん途惑っちゃったし、二回目の時ももちろん馴れたわけじゃなかったから、下手だったんだろうな。悪いことしたよ」

秀之は、十二年前を思い起こしながら感慨にふける。すると、奈々香が突然、

「鹿島くんのせいじゃないわ。だって彼女は、その時が初めてだったんだもの」

と、言い出した。その言葉を聞き、秀之が苦笑する。

「おい、何言ってんだよ。今の俺の話、聞いてなかったのか。美幸はあの打ちあげの日、俺と初めて同士でセックスしたんだってば」

「違うの」

「はあ?」

「鹿島くんがさっき言った二回目が、彼女の初めてだったの」

「おい、津田」

いったい何を言い出すのかと、首を傾げながら奈々香を見る秀之。

「だって、その打ちあげの夜――」

奈々香もまた、正面から秀之を見つめ、

「――あなたとセックスしたのは、私だもの」

と、つぶやいた。

(なんだって⁉)

秀之が、大きく息を呑む。

3

室内に、沈黙が流れた。

窓の外では、ほぼ完全に陽が暮れている。

西の方向に、ほんのわずか茜色を帯びた雲が昼の残滓《ざんし》をとどめているが、それ以外の空は濃紺に覆われ、そろそろ夜の帳《とばり》を下ろそうとしていた。

室内の照明は、点《つ》けられていない。

周囲の高層ビルに灯る蛍光灯や表示灯のみが、ガラス越しに二人のいる室内を薄暗く照らしていた。

濃くなっていく闇に包まれながら、奈々香が再び口を開く。

「さっき、私の初めての時のこと話すって言ったよね。さっき鹿島くんが話したこと、それがそのまま私の初めての時のことなのよ」

（津田……）

秀之は、頭を混乱させながら奈々香をしげしげと見つめる。奈々香の表情は真剣そのものので、タチの悪い冗談を言っているとは思えない。

「鹿島くん、さっき言ったよね。初めての時、美幸が背中に爪を立てたんで、十本分の爪跡がついたって」

「ああ、言った」

「鹿島くん、おかしいと思わなかったの？　その時に美幸は、左の中指に包帯を巻いてなかった？」

「え？　それは……、あっ」

奈々香の言葉に、秀之は記憶を思い起こした。そう、美幸はその日、確かに左中指に包帯を巻いていた。前日、突き指をしてしまったのだ。ただ、美幸は右利きだったので、期末試験最終日を前に怪我《けが》をしてしまったものの「右手じゃなくて良かった」と言っていたのだった。

（どうしてその時に気づかなかったんだ。包帯を巻いてたら、十本分の爪跡がつくわけがないじゃないか）

秀之は、十六歳の自分のうかつさに舌打ちしながらも、まだ釈然《しゃくぜん》としない。たしかに、美幸と奈々香は、背格好も髪型もよく似ていた。それにしても――

「だけどな、津田はあの日、打ちあげが終わる前に帰ったじゃないか。そのまま帰宅したんじゃなかったのか？」

「そう。確かに私は、途中で帰ったわ。でも、やっぱり思い直して引き返したの。鹿島くんにだけは、最後に二人きりでお別れを言いたかったから」

「俺だけに？　なぜ？」

「だって私、あなたのことが好きだったんだもの」

（津田が、俺のことを⁉）

秀之が、目を見開いた。

「だけど、あの頃、津田はそんなこと……」

「そりゃあ、言わないわよ。私があなたのこと好きになった時には、あなたにはもう美幸がいたもの。親友の彼氏だよ。私から好きだなんて、言えるわけない」

「それは、そうか……」

「でも、美幸にだけはこのことを打ち明けたの。彼女とは、なんでも話せる友人同士だったから。美幸、私の気持ちを知って、辛そうだったな。私も辛かったけど。ただね、私、彼女からあなたを盗ろうなんて考えたことはなかったよ。親友の彼氏を盗るなんて、できないもの」

「……」

「あの夜、私が引き返した時、偶然、酔っ払ってるあなたにつき添う美幸に会ったの。私は、あなたに『元気でね』って伝えられればそれで満足だった。でも、あなたはすごく酔っ払ってて、とてもお別れの挨拶が出来る状態じゃなかったわ」

「うん。俺は、泥酔してた」

「その時に、美幸が私に言ったの。『これから秀之を私の家に連れていくの。奈々香も一緒においで。朝になって秀之の酔いが覚めたら、ちゃんとお別れしなよ』って」

「美幸から、そう言ったのか」

「そう。きっと、このままじゃ私がかわいそうだと思ったんでしょうね。私、美幸の気持ちが嬉しいような申し訳ないような思いで、いったいどうすればいいんだろうって迷いながら、あなたたちのすぐ後ろを歩いていったの」

(そんなことが、あったのか)

秀之が、十二年前の夜を思い起こす。が、その時の記憶はいっさいない。よほど酔っていたのだろう。

「結局、美幸の家に着いて、美幸とあなたが中に入った後も、私、どうするか決めかねてずっと玄関先で立ちつくしてたの。そうしたら、しばらくして美幸が戻って来て『いいから、おいでよ』って、私を自分の部屋まで招き入れてくれた。私は制服のまま、美幸はパジャマに着替えて、あなたの隣りで一緒にベッドに入って眠ってたのよ」

「俺は、そんなことも知らずに、呑気に眠りこけてたわけだな」

「うん。でも何時間か経って、私は目を覚ました。美幸もそれに気づいて、目を覚ましたの。そうしたらね、彼女――」

奈々香の瞳が潤《うる》み、目尻に透明な雫《しずく》が溜まりはじめた。

「――『私、下に行ってお風呂に入ってくる。しばらく、二人っきりにしてあげるよ』って言って、そっと部屋を出ていったの。その後、私……」

奈々香がすっと瞳を閉じると、雫の表面張力が破れ、ひと筋の銀色になって頬を伝い落ちていく。

「ほんとに、美幸のこと裏切る気持ちなんかなかったよ。でも、これで鹿島くんとお別れかと思ったら、急に切なくなっちゃって、自分でも無意識のうちに、眠ってるあなたにキスしちゃったの」

「その後は、俺の記憶通りってわけか」

秀之の言葉に、奈々香はこくりとうなずいた。

「あの時、『鹿島くんとこんなことしちゃいけない』って思いが、何度も頭をよぎったの。あなたを騙《だま》し、美幸を裏切ることになっちゃうわけだから。うん、鹿島くんは、悪くないよ。私がひと言口を開けば、あなたはそんなことしなかったはずだし。……でも、どうしても言い出せなかった。本当は、すごくあなたと結ばれたかったから。だから、あなたが射精するほんの一瞬でも、離れて欲しくなかったの。『だめ』って言って、あなたにすがりついちゃったの」

（津田、俺のこと、そこまで想ってたのか）

秀之の胸中に感慨が衝《つ》きあがり、それと同時に、それほどの想いを押し殺していた十六歳の奈々香に対し、いたたまれない気持ちも湧いていく。

「その後、部屋を出て、一階に下りていったの。美幸の家にはそれまで何度も遊びに行ってたから造りも知ってたしね」

「じゃあ、その時に美幸に――」

「うん。正直に、起こったことを話したわ。私、美幸の家族を起こさないように声を押し殺しながら泣いたの。泣きながら謝った。だって、親友の彼氏とそんなことしちゃったんだもん」

「美幸は、なんて言ったんだ？」

「美幸は、怒らなかった。私のこと抱きしめてくれたの。『いいんだよ、奈々香なら。それに、そういうことがあったとしても、私、秀之のことずっと好きでいられる自信あるから。秀之にも内緒にしておくから、泣かなくてもいいんだよ』って言いながら」

（美幸、そんなことを言ってたのか）

秀之の心の中に、改めて美幸への愛情が湧きあがった。事情はともあれ、自分は美幸のいるすぐそばで美幸の親友を抱いてしまったのだ。美幸にすれば、複雑な気持ちはあったろう。なのに、それから今日までの間、あの夜に関して非難めいたことを口にしなかったとは。

「美幸は私のことを慰めてくれたけど、私は何度も『ごめんね、ごめんね』って謝った後、部屋から持ってきた制服を着て、そっと玄関を出ていったの。それ以来、彼女とは会ってないわ。だって、私は美幸にひどいことしたんだよ。二度と顔をあわせられなかったもの。彼女は、その後何度も家に電話を——当時は携帯電話なんてなかったからね——くれたんだけど、そのたびに私は居留守を使ってたの。そのうち、その電話も途絶えて……」

そう言うと同時に、奈々香の瞳から堰《せき》を切ったかのようにとめどなく涙が溢れ出ていった。まるで、十二年前のその時がまさにそうだったかのように。

「でもね、この十二年間、美幸のこと、そして美幸とあなたとの関係のことを、ずっと気にかけてたの。だから、さっき二人が結婚するって聞いて、本当にほっとした」

（そうだったのか……）

奈々香の頬に光る涙の雫を見つめながら、秀之は、言葉を失っていた。

「秀之、今日はなんだか、やたら私のことじろじろ見てるね」

ベッドの上に仰向けになりながら、美幸が秀之を見あげた。二人共、裸体だ。

「うん。美幸っていい女だ、って思ってさ」

「いきなりどうしたの？　変な人」

美幸が、笑い出した。右頰に、笑窪《えくぼ》が浮かぶ。ごく平凡な容姿の美幸だが、秀之にすれば、その笑顔はとても愛らしいと思っている。

美幸の胸元には、豊かな乳房がこんもりと盛りあがっている。その膨らみが、笑い声にあわせてかすかに揺れた。柔らかな肉の阜《おか》に秀之の手が伸びる。

「今日、津田に会ったんだよ。そもそもは、仕事の上でのことだったんだけどな」

秀之の言葉に、美幸の笑い声が止まる。

「奈々香に？」

「そうだ」

秀之が、美幸の乳房を揉みながらうなずく。

「奈々香、何か言ってた？」

「言ってた。いろいろと聞いたよ」

秀之が、すっと息を吸い、そして、

「十二年前の、あの夜のことも。津田は、この十二年間ずっとお前のことを気にかけてた、って言ってた」

　と告げた。

　美幸は、小さく溜息を洩《も》らすと、

「それは、私も同じだったよ。奈々香のこと、ずっと気にかけてた」

　と言いながら、秀之の背に腕を回した。秀之の鼻先が、美幸の肩口に押し当てられる。鼻腔《びこう》に、甘い体臭が漂った。

（美幸と初めて結ばれてから、十二年か）

　あの頃は、美幸の肉体はまだ幼く、乳房も、今自分の手のひらの内にあるほど豊かではなかったように思う。が、今ではその肉体も成熟し、色づいた果実のような艶《つや》やかさを持っている。

　成熟したのは、肉体だけではなく愛情も同様だろう。あの夜、奈々香がそっと美幸の家を出ていった後、互いに「ずっと愛していく」と言葉を交わしあった。まだ世慣れていない十六歳同士の、真剣で、そして青臭い会話。だが、長い時を経て、その時の感情は、まさに円熟した絆となって二人を結んでいるように思う。

「ね、秀之」

　感慨に浸る秀之の下で、美幸がつぶやいた。

「なんだ？」

「私たちの結婚式が終わって落ち着いたら、奈々香を家に呼ぼうよ」

「そうだな。きっと、来てくれるだろう」

「そうしたら、奈々香に言っちゃおうかな。『ね？　あの夜、私が奈々香に言った通りになったでしょ？』って」

「『言った通り』？」

くすくすと笑っている美幸に、秀之は一瞬首を傾げたが、すぐに思い当たった。

（そうか。『そういうことがあったとしても、私、秀之のことずっと好きでいられる自信あるから』か――）

十二年前、美幸が奈々香に告げた言葉が、今改めて秀之の胸にしみ通っていく。

「じゃあ、えーと、俺は、今からもずっと美幸のこと好きでいられる自信あるからな」

そう囁いた秀之の背を、美幸がいっそう強く抱きすくめる。小さな声で、

「ね、秀之、来て」

と、せがんだ。

「わかった」

秀之の腰が、美幸の両脚を左右に割る。屹立《きつりつ》した器官が美幸の体内に埋もれ、二人は深くひとつになっていった。

最後の夜

長谷一樹

著者・長谷《はせ》一樹《かずき》
会社員生活の傍ら、濃密な官能小説の執筆を続ける。ストーリー展開の妙、陰影に富む性描写には熱いファンが多く、官能小説雑誌を中心に活躍する。一九五一年、北海道生まれ。高崎経済大学中退。

1

寒風吹きすさぶ中、背中を丸めて酒場に向かう北原淳平《きたはらじゅんぺい》の渋面は、酒場で見せる憂《うれ》い顔とは異質のものだった。

酒場では演技で憂い顔をして見せる。だが、そこに向かう道すがらでは、懐《ふところ》の寂しさや独り身の侘しさが正直に顔や背中に出てしまう。

北原は四十六歳のプー太郎だ。勤務していた商事会社が二年前に倒産した。

失業率五％超の不景気風は地方都市でも同様で、四十代も半ばを過ぎた男の就職活動は熾烈をきわめた。正社員として雇ってくれる会社は未だみつからず、食品工場や慣れない土木作業のアルバイトを転々としながら、かろうじて食いつないでいる。

夫の腑甲斐《ふがい》なさに愛想をつかした妻は、一年前に二人の息子を伴って実家に帰ってしまった。ほどなくして郵送されてきたのは離婚届だった。妻はそれなりに「独立」資金を貯め込んでいたらしい。

女の非情さを思い知らされた気分だったが、反論する気力も失せていた北原はすんなりと押印して返送した。

ローン返済の滞納が続いていた自宅は銀行に差し押さえられ、隣町でみつけた六畳一間の安アパートに移り住んで半年になる。遅々として進まない就職活動、妻子との別れ、慣れない肉体労働とストレスが溜まる一方で、酒量ばかりが増えていった……。

「いらっしゃいませ！」

居酒屋の縄暖簾《のれん》をくぐった北原を威勢のいい掛け声が出迎えた。夜の十一時を回って店内に客はまばらだった。さりげなく歩を進めてカウンター席に腰を下ろす。スーツにネクタイの客は北原以外にはいなかった。

スーツにネクタイ……北原のせめてもの見栄だった。飲みに出る時は必ず不精ヒゲを剃り、商事会社勤務時代に愛用していたスーツに着替える。現役のビジネスマンであることを演出したかったからだ。

その出で立ちで酒場に入り、カウンター席で物思いに耽《ふけ》ってみせる。時折、憂い顔をしてみせたりもする。

結果、どうなるものでもなかったが、「多忙な企業戦士」の憂いを演出することで、ささやかな自己満足だけは得ることができたのだ。

「お仕事のお帰りですか？」

おしぼりを運んできた女性店員が声を掛けてくる。柔らかな声だった。

「ええ、まぁ……」

さりげなく答えて顔を上げる。店のユニフォームなのか、藍染の作務衣《さむえ》を着けた女が人懐っこい笑みをたたえて立っていた。三十歳そこそこといった感じの和風美人だった。彼女と同じ作務衣を着けた若い女子店員たちは、店の隅に立ってお喋《しゃべ》りに興じていた。

「大変ですのね、こんな時間までお仕事なんて」

「貧乏ヒマなしってやつですよ」

苦笑して答えながらも悪い気はしなかった。彼女はスーツ姿の北原を正統派のビジネスマンだと思い込んでいるに違いない。いい年をしてアルバイトで食いつなぐ身だと悟られたくはなかったのだ。

「けど、オタクの方はもっと大変だ。こんな時間までお仕事じゃ。ご主人が家で首を長くしてお待ちでしょ？」

「家で待っているのは息子だけ。主人とは別居中ですの」

「え⁉」

あわてた。迂闊《うかつ》な質問だったと後悔した。商事会社で営業マンをしていた頃は、こんな迂闊な質問はしたことがない。さすがに二年間のブランクは大きかった。

「失礼しました。立ち入ったことをお聞きしてしまって……」

詫びながらもさりげなく気取って見せる。

「いえ、いいんですのよ」

女が白い歯を見せて笑う。色白の美貌が魅力的だった。

「ですからアパートで待っているのは保育園に通ってる息子だけですの。寂しい思いをさせちゃって可哀相なんですけど、こうして働いてる時は子育てから解放されたみたいで、むしろ気が楽なんです」

苦笑した女に再度詫びて熱燗《あつかん》と焼き鳥をオーダーする。ほどなくして運ばれてきた徳利から酒を注ぎ、猪口《ちょこ》を口に運ぶ。空きっ腹に人肌の甘露が染みわたった。

一時間ほども憂い顔を続けたろうか。寂しい懐に酒場の長居は禁物だ。ツッと席を立って出入口付近に設けられたレジに向かう。

レジで応対してくれたのも先般の女だった。

「お近くにお住まいですの？」

代金を受け取りながら女が聞いてくる。北原は苦笑して答えた。

「いえ、そうではないんですが、また寄らせていただきますよ」

半分はホンネで半分は嘘だった。「また寄らせてもらう」はホンネである。だが、「そうではないんですが」は嘘だった。その店はアパートから歩いてわずか五分の距離にある。安アパートでヤモメ暮らしをしているという素性を知られたくはなかったのだ。

「そうですか。お近くにお越しのさいは、ぜひまたお立ち寄りください」

釣り銭を渡しながら、女がまたあの魅力的な笑みを浮かべた。

店を出ると寒空には小雪がチラついていたが、北原の心は温もっていた。

どんな事情があって夫と別居しているのかは知るよしもなかったが、彼女が「お近くにお住まいですの？」と尋ねてきたのは、少なくとも俺に興味を持ったからではあるまいか……そんな思いがフツフツと湧いてくる。商売上の社交辞令だろうと分かってはいても、一方では妙な期待が渦巻いた。

スーツ姿で飲みに行くのも、わざわざ憂い顔をしてみせるのも、どこか下心があってのことである。それが奏功したことは未だかつてないが、今回ばかりは脈あり、かもしれない……。

ほどなくしてアパートに辿《たど》り着き、リサイクルショップで買ってきたファンヒーターのスイッチを入れる。が、冷えきった部屋はにわかには暖まらず、万年床の湿った布団に潜り込む。頭に浮かべるのは居酒屋の女の顔だった。様々な妄想が浮かんできた。

何度か店に通ううち、お互い立ち入った話題も口にするようになり、やがてデートを重ねるようになる。ある日、さりげなく肩を抱き寄せると彼女は恥じらいながらも求めに応じ、二人は抜き差しならない関係に発展する……そんな妄想だった。にわかに出現した「女神様」の存在に心は躍った。

だが、そんな期待を裏切る出来事に北原が遭遇したのはそれから数日後、食料の買い出しに出掛けたスーパーでのことだった。

2

二枚で百円という特売の鮭の切り身に手を伸ばした北原は、視線の端に女の姿をみつけて、あわてて手を引っ込めていた。居酒屋のあの女だった。胸が高鳴った。

女は紺色のハイネックセーターに白のカーディガンを羽織り、膝丈ほどのタイトスカートがスラリとして均整のとれた肢体によく似合っていた。

だが、北原の方はいかんせん分が悪かった。生活臭の染みたヨレヨレのジャージ姿に寝起きのままのボサボサ頭、不精ヒゲも伸ばしっぱなしだったのだ。しかもウィークデーの昼下がり。どう考えても「正統派のビジネスマン」が鮭の切り身を買っている時間帯ではない。

ここで彼女にみつかってしまったら、あの夜、せっかくスーツ姿で気取ってみせた苦労も水の泡である。

とっさに鮮魚売場を離れて出入口に向かう。一刻も早く店を立ち去りたかった。彼女が振り向く。目と目が合う。うろたえた。

「！」

が、彼女の反応は意外だった。笑みをたたえて小さく会釈すると、何事もなかったように北原の前から立ち去ったのだ。

胸の高鳴りを抑えてその後ろ姿を目で追う。みっしり肉付いたヒップラインをタイトスカートが浮き立たせ、嫌味がない程度の栗色に染められたショートヘアが眩しかった。ハッと我に返り、買物カゴを翻して早足で出入口に向かう。彼女が会釈したところをみると、それが北原だと気付いたのは明白だ。

みっともない姿を見られてしまった。これじゃあ、あの夜の俺はまるでピエロだ……そう何度もつぶやいた。

店を出る。息を切らしてアパートに向かう。玄関のドアを開け、靴を蹴散らして万年床の上に転げ込む。

脳裏に浮かぶのは、つい今し方見た女の後ろ姿だった。屈辱感が欲情に変わった。獣の衝動が湧き起こり、淫らな妄想が脳裏に渦巻く。後ろ姿をさらした彼女の背後に駆け寄り、羽交い締めにして押し倒す……という妄想だった。

『なになさるんですっ!?』

女が青ざめて懸命に足をバタつかせる。だが、雪辱に燃える北原に容赦はなかった。

『俺はあんたをひと目見た時から惚れちまったんだよ。俺の気持ち、分かるだろ?』

唇を奪おうと女の顔を押さえ付ける。

『やめてください！』

女が平手打ちを飛ばしてくる。だが、そんな抵抗は北原を高ぶらせるだけだった。

『そうかい。そうくるかい。だったらこっちにも考えがあるぜ』

スカートの裾に手を掛けてバッと剝き上げる。パンストに包まれた下半身が目の前にさらされた。パンストの奥に小さな三角の布が透け、淫丘のあたりは丸みを帯びてこんもりと盛り上がっていた。

『やめてください！　お願い！　あたしには夫がいるんです』

強気だった女が一転して涙声に変わる。妄想を展開しながら、北原は自身の下腹部をまさぐっていた。ジャージとブリーフをずり下ろし、赤黒く怒張した男根を握る。

『どうせ別居中なんだろ？　おーら、あんたのスケベな場所を見てやるぜ』

妄想の中で女のパンストに手を掛け、ゆっくりとずり下ろしていく。黒々とした茂みがパンティの奥から現われた。

『いや！』

女がとっさに俯《うつぶ》せる。ムッチリ盛り上がった双丘が北原の眼前にさらされる。シミひとつない白く滑らかな肌だった。

『おーっと、そんなことしても無駄だ。むしろ逆効果だな。こうすれば前も後ろも丸見えになっちまうんだぜ』

女の尻を抱えて持ち上げた。上半身を床に伏せた女がイヤイヤと肩を揺すっている。

『見せてもらうぜ』

股を開かせた。腱が引きつって太腿が大きく広がる。尻割れの谷間に褐色の肛穴が露出した。

肛穴の数センチ下には肉厚の淫唇がぽってりと迫《せ》り出し、縦割れの裂け目はかすかに口を開けて、よじれ合わさった肉ビラを覗かせた。

『見えてきた。尻穴もオマンコも丸見えだ』

『いや！　見ないで。見ないでぇ……』

女が声を震わせてもがいている。頭に浮かべるのは、つい今しがた見た女の顔だった。穏やかな笑顔を苦悶の表情に変えてみる。臨場感がいや増した。

『へへへ、恥ずかしいかい？　けど、これは俺に恥をかかせた罰なんだぜ。あんたがこのスーパーに来さえしなきゃ俺は恥をかかずに済んだんだ。だからお仕置きさ』

妄想の中で卑屈に頬を歪める。自慰のさいの妄想は、すべてが本人に都合のいいように展開する。

妄想の中では紳士を気取る必要も欲情をオブラートに包む必要もなかった。

握り締めた男根は熱く脈打ち、すでに爆発寸前にまで高まっていた。

『いじり回してやる。舐《な》め回してやる！』

怒鳴り、膣穴をガムシャラに掻き回す。陰部に顔を近づけて猥臭を嗅ぎ取る。舌を出し、褐色の肛穴をえぐるように舐め上げた。

『あふ！　むぅ……だ、だめ……』

女が懸命に拒む。だが、舐め上げるたびに太腿はワナワナ震え、掻き回している膣穴は潤んで、クチュクチュと粘っこい音を立て始める。

辱《はずかし》めを受けているうちに女が次第に感じ始める……というシチュエーションは自慰のさいの定番だった。

『へへへ。なんだかんだ言ったって気持ちいいんだろ？　そろそろ突っ込んでやるぜ』

女の上にのしかかり、潤んだ膣穴に男根をずっぽりと押し込んだ。

『うぐ！』

妄想の中で女が仰《の》け反る。男根をしごく手の前後運動が一段と加速した。

「むぅ……」

呻いた。白濁した体液が布団の上に飛散し、飛散しそこねた白濁液が手の甲にドロリと滴った。

潮が引くように激情が消えていく。反比例して惨めさが込み上げてきた。失業し、妻子に見離されてしまった侘しさや、未だまともな職にありつけないでいる惨めさが何倍にもなって跳ね返ってくる。

自慰の後でいつも味わう虚しさだった。

「もうあの店には行けないな……」

つぶやいて万年床にゴロリと転がった。


だが、北原が性懲りもなく再びあの居酒屋に向かったのは、それからひと月もたたないうちだった。断酒したつもりではいても、木枯らしは人恋しさを増幅させる魔力を持っているものらしい。

彼女が居ないでいてくれたら。いや、やっぱり居てほしい……スーツにネクタイで歩を進めながら期待と不安が交錯した。犯罪者が後でこっそり事件現場を訪ねていく心境に似ていた。

縄暖簾をくぐる。

「いらっしゃいませ！」

店員たちの威勢のいい掛け声は前回訪れたときと変わらなかった。彼女も、いた。言葉を交わした。

聞かれもしないのに「実は単身赴任で東京からこの地に来ているのだ」と「告白」した。スーパーでの一件は「たまたま風邪を引いて会社を休んだ日だった」と釈明した。寝起きのままの頭も不精ヒゲも、これで説明がつく。

バツイチであることは伏せた。安アパートに住んでいることも伏せ、「会社からあてがわれたマンションに住んでいる」と「告白」した。単身赴任している正統派ビジネスマンの「贅沢な悲哀」を演出しようとしたのだ。

告白しながら苦笑してみせた。彼女もあの穏やかな笑みを返してきた。

気を良くした北原はさりげなく店の定休日を聞き出し、彼女を食事に誘った。彼女は驚き、半信半疑の顔でコクリとうなずいた。その時、初めて自身を北原だと名乗り出た。彼女は由里子《ゆりこ》と名乗った。デートは三日後。

嘘で塗り固めた結果でも、何かが確実に走り始めたことを北原は確信した。

3

街の明かりを見下ろす高台に車を停めた北原は、まだ信じられない気分だった。由里子とデートできたことが、である。自宅は差し押さえられたものの、デートの必須アイテムである愛車が手もとに残っていた幸運を北原は嚙み締めていた。

「今日はありがとうございました。久しぶりに楽しい夕食でした」

由里子が神妙に頭を下げる。

「僕の方こそ楽しかった。誰かと一緒に食事できるなんて久しぶりでしたから」

胸の高鳴りを抑えて答え、さりげなく由里子の膝元に視線をやる。タイトミニのスカートから覗く太腿が眩しかった。

形よくみっしり肉付いた太腿をストッキングに包み、膝から下がスラリと長い。妄想の中でならここですかさず襲いかかり、恥辱の限りを尽くすところだろう。だが、その日の北原はさりげなく哀愁を漂わせた。

「単身赴任なんて惨めなもんです。風邪を引いて寝込んでたって、買物は自分でしなくちゃならないんですから」

ボロを出さないよう、ことさら慎重に言葉を選んだ。

「けど、スーパーではビックリしました。あんなみっともない姿をさらしちゃって……。幻滅したでしょ？」

「そんな……幻滅だなんて……」

由里子が顔を上げる。その手に掌を重ねた。賭けだった。じっと目を見る。由里子に拒む素振りはない。

顔を近付け、軽く唇を重ねた。栗色の髪から甘い香りがふんわりと流れてくる。

やはり由里子は拒まなかった。拒む代わりに、唇を離すと頬を染めてジッとうつむいた。

「申し訳ありません。つい気持ちが高ぶっちゃって……。今のことは忘れてください」

「いつだったか、主人と別居中だと申し上げましたよね。主人、お酒を飲むと暴力を振るう人なんです。あたしが痛め付けられるのは我慢すれば済むことなんですけど、子供にまで手を上げられると……。それが耐えられなくて別居を……」

唐突に別居の真相を告げて由里子がうつむいた。

「そうだったんですか……」

相づちを打ちながら、北原は希望の光が見えたことを確信した。彼女が家庭の内情をそこまで吐露するということは北原に思いを寄せている証拠……そう思ったのだ。

さりげなく車外の気配をうかがう。雑草が茂る見通しのいい高台。辺りに人影はない。

もう一度由里子の手を握る。引き寄せた。由里子が顔を上げ、困惑した視線を向けてくる。「もうだめ」とも「こんなあたしでいいの？」とも受け取れる視線だった。

「僕は初めてあなたを見た時から、あなたのことがずっと気に掛かってた」

誘い水だった。由里子が自嘲するように笑った。

「単身赴任の寂しさを紛らわせたかったから？　夫と別居中の女なら簡単に落とせると思ったんですか？」

「そんなんじゃありません！」

ここは激情に抗しきれなくなった男を演出すべきだ……脳内の駆け引き中枢が叫んだ。

肩に腕を回して抱き寄せる。由里子が上体を預けてくる。夢にまで見た女体の肉感と体温が布越しにじんわりと伝わってくる。唇を重ねた。初めは軽く、そしてきつく吸い立てた。口中に舌を差し込み、舌と舌を搦め合う。由里子も吸い返してきた。

「あは……あん……」

喘ぎにも似た吐息が由里子の唇から漏れて出る。北原はすかさずタイトスカートから露出した太腿に手を滑らせた。

「あ……だめ……」

北原の手をとっさに押さえて由里子がつぶやく。だが、それは単なるセレモニーでしかないはずだと解釈した。

パンストのサラサラした触感を味わいながら手を奥へ奥へと突き進める。膝は固く閉じられ、侵入を阻止しようという意志は伝わってきたが、それも北原は無視した。

奥へ進むにつれて蒸れたような温もりが増してくる。こんもりした淫肉の膨らみに指先が突き当たる。由里子の肩がワナと震えた。

「だめよ、お願い。それだけはだめ」

涙混じりに由里子が喘ぐ。だが、指先に伝わってくる温もりはじんわりと湿気を伴い、彼女がすでに興奮状態にあることを示している。厚さコンマ数ミリにも満たないこの薄布の奥に女の秘密が息づいているのだ。気が急《せ》いた。

柔らかな膨らみの中央に中指の先端を押し込んでみる。薄布を後押しして指が肉裂にめり込む。指を左右に揺らす。グネグネとよじれる肉ヒダの感触が生々しく伝わってきた。

「あはん……むぅ……」

「許してください！」

そう言いながら、背もたれのリクライニングレバーを引いて由里子を仰向けに寝かせつける。その機に乗じて手をパンストの上端まで移動させ、Uターンして薄布の内部に侵入する。しっぽり汗ばんだ肌がヒタと吸い付いてきた。

スカートは臍《へそ》のあたりまで捲れ上がり、パンストの股間を押し上げている淫丘の丸い膨らみが目の前にさらされた。

「だめ。いけないわ」

北原の手を上から押さえ付けて由里子がもがく。だが、恥毛に触れた北原の手は一気に最下端まで侵入し、柔らかな淫肉を包むようにして掌をあてがった。

もつれた恥毛を掻き分け、中指の先で肉裂を探る。じっとり湿った裂け目を指先が感知する。左右に選り分けるようにして肉裂をはだける。ぬめやかな潤みの中に指がぬっぽりとめり込んだ。

4

嘘から出たまこと……の気分だった。由里子は北原が東京から来た単身赴任者だと固く信じている。願ったりかなったりの展開である。

彼女が夫と別居中であろうと蜜月の関係にあろうと、それはどうでもいいことだ。要はタダで抱かせてくれればいいだけの話である。

由里子の舌をきつく吸いながらパンティの中で指先に神経を集中させ、女陰のぬめやかな構造を探っていく。

肉裂にくぐらせた指をウネウネと揺らす。肉ヒダがはしたなくよじれる。膣穴のとば口をえぐってみる。ぬかるんでいた。恥液を指にまぶし、肉ヒダの隙間を辿って合わせ目まで指を進める。シコリと化した肉芽をグリリと擦《す》り上げる。由里子の太腿がわなないた。

「あふ！　そこは…………だめ……」

拒む声が上擦っている。北原は中指の腹で肉芽を何度もコネ上げた。

「あは……むぅ……あ、あん……」

喘ぐ由里子の眉間には深い縦ジワが刻まれ、口は半開きになっている。妄想の中で何度も思い描いた彼女のヨガリ顔だった。店で客に見せる穏やかな笑顔からは想像もつかないふしだらな表情である。

「東京に帰れば奥様が待ってらっしゃるんでしょ？　あたしを抱いたって、しょせんは虚しい思い出が残るだけよ」

喘ぎながら由里子が責める。

「もう言うな！」

北原は怒鳴り、助手席に身を乗り出してパンストを剝がしにかかった。フラットな腹部が露出し、きめ細かな白い肌が剝き出しになる。腰骨まで剝き下ろしたところでパンティにも手を掛ける。

パンティの奥から暗褐色の茂みが覗いた。手を尻の下に回して薄布を双丘からスルリと抜き取る。

二枚の薄布を膝まで下ろしたところで両膝を抱えて高々と持ち上げた。両膝に薄布がからまっていて脚を開かせることはできない。だが、その体勢なら脚が開いていなくても愛撫や挿入は可能である。

身を乗り出して両膝を肩に担ぎ、股間に視線をやる。白い太腿の合わせ目に暗褐色の恥毛を掃いた淫唇が見えていた。

淫丘では密生していた恥毛も淫唇そのものには薄く、太腿の合わせ目にぷっくり迫り出した淫唇は、薄褐色に色素沈着した皮膚をさらしていた。縦割れの肉裂には恥液がじっとりにじんでテラテラと光を帯びている。穏やかな美貌とは裏腹に、ひどく卑猥な風情であった。

「見ないで、お願い……だめ……」

顔を背けて由里子が恥じらっている。だが、そんな仕草にもそそられた。

顔を肉裂に近付けてクンクンと嗅ぐ。女陰特有の蒸れた恥臭がモワーンと立ち上った。

ラブホテルではなく車中で事に至った幸運を北原は改めて噛み締めた。もしラブホテルに入っていたら、彼女はシャワーをリクエストしたに違いない。今の北原にとって、彼女の体から発せられる臭気は、汚臭も含めてすべてが女体の魅力そのものだったのだ。

だが、嗅がれていることを彼女はとっさに悟ったらしい。北原の腕を引っ張って激しく抵抗した。

「いや！　ニオイなんか嗅がないで！　お願い。かんにんして……」

「好きなんだ。キミのなにもかもが」

肉裂の溝を舌先で擦り上げる。由里子の腰が弾けるように浮き上がった。

「ひっ……いや、あん……」

「素敵だ。とってもいいニオイだ。愛らしくて女らしくて、許せないくらい卑猥なニオイだよ」

「恥ずかしい。あは……ああ……」

肉裂を擦り上げるたびに由里子の太腿が震える。北原は両手の中指を肉裂の左右に添えてゆっくりと掻き分けていった。

内腿側に裏返った淫唇が蝶の羽根のように広がり、よじれ合わさった肉ヒダがピラリと露出する。淫唇と同様、薄褐色に色素沈着した肉ヒダだったが、捲り返すと恥液が糸を引き、そこに広がった谷間は鮮烈に充血してサーモンピンクに輝いていた。

左右の肉ヒダが合流する地点は逆V字に広がって、肉芽を内包した中央部が長さ一センチほどの畝《うね》状に盛り上がり、包皮の先端が後退して赤い肉芽を覗かせている。

膣穴のとば口は幾重もの粘膜粒がウネウネと折り重なって体内への視線の侵入を遮っていた。粘膜粒のうねりに隠れて排尿口は判然としなかったが、久々に目のあたりにした女陰の卑猥な構造に、北原の官能はいやが上にも高まった。

「見える。キミの秘密がなにもかも見える」

「恥ずかしい。おっしゃらないで……」

「好きなんだ……」

静かにつぶやき、谷間の粘膜に舌をくぐらせた。膣穴のとば口をえぐって恥液を掬い、谷間伝いに肉芽まで運ぶ。包皮から露出した肉芽に恥液を塗り付けた。

「む……はん……ああ……」

切ない縦ジワが由里子の眉間に刻まれ、半開きになった唇から喘ぎが漏れて出る。舌に触れてくる粘膜は潤みを増し、膣穴をえぐるとクチュクチュと音を立ててよじくれる。唾液と恥液の混じり合った粘液は会陰を濡らして双丘の谷間にトロトロと滴った。

由里子はすでに興奮状態にある。ここで挿入を求めても拒まれることはないだろう。だが北原は貪欲だった。由里子をドア向きに横臥させて肛穴に視線を注いだのだ。

褐色に色素沈着したすぼまりは、白い太腿との対比で卑猥というより愛らしかった。すぼまりの周囲もレモン形に色素沈着してかすかに黒ずみ、その方がむしろ卑猥だった。

肛穴を指でなぞる。かすかな湿り気が指に吸い付いてきた。

「いや！　そっちはだめ！」

北原の肩を押さえて由里子が叫ぶ。だが北原は躊躇しなかった。双丘に爪を立ててひときわ大きく谷間を広げ、横長に引きつったすぼまりをエグエグと舐め立てたのだ。排泄臭は残っていなかった。

「だめ。お願い、もうだめぇ……」

泣きそうな声で由里子が訴えている。そろそろ頃合だった。北原もズボンの奥で男根が痛むほどに怒張していたのだ。

由里子を横臥させたまま助手席に移動する。体を女体の上に被せる。ズボンのベルトとホックを外してファスナーをずりおろす。由里子はじっとして「その時」を待っている。

「いい？　後悔、しない？」

あえて聞いた。由里子が頬を赤らめてコクリとうなずいた。

ズボンから取り出した男根は亀裂に先走り液をにじませてヒクついていた。先端で淫唇と肉ヒダを掻き分け、グッと腰を押し出す。

「うぐ……」

呻きが由里子の喉元から漏れて出る。亀頭部が熱い潤みに包まれる。北原はゆっくりと抽送を開始した。

5

由里子と関係を結んだ日からすでに一年たっていた。これといった仕事は相変わらずみつかっておらず、北原があの居酒屋に顔を出す回数はめっきり減っていた。人恋しくなったら携帯電話で由里子を呼び出し、車中でその肉体を弄《もてあそ》べば当座は凌げたからである。ラブホテルはめったに利用しない。ホテル代を払うと生活費が底を突いてしまうからだった。ただし「カネがないから」とは口が裂けても言えるセリフではない。そんな時は「ホテルに着くまで待てないから」と、ガムシャラに襲いかかった。

アルバイトのカネが入ったら由里子の勤める居酒屋で軽く一杯飲む。出で立ちは相変わらずスーツにネクタイで憂い顔も健在だ。例によって「正統派ビジネスマン」、「単身赴任者の贅沢な悲哀」を演じ、「由里子を抱くぐらいでは俺の憂いは解消されない」ことを演出するためだった。

「いらっしゃいませ！」

威勢のいい掛け声が北原を出迎えた。三カ月ぶりの居酒屋だった。北原の来店に気付いた由里子がポッと顔を赤らめる。

例によってカウンター席に向かい、フーッとため息をついて腰を下ろす。

「何になさいますか？」

おしぼりを携えた由里子が北原の傍らに立ち、ことさら他人行儀に声を掛けてくる。

「そうだね。熱燗と焼き鳥……がいいかな。それとおしんこをもらおうか」

北原は顔も上げずに答えた。由里子は困惑したように立ちすくんだままである。温かな言葉のひとつも掛けてほしい……そんな意思が二人を隔てる数十センチの距離から伝わってくる。北原は無視した。

「熱燗と焼き鳥、それにおしんこね」

煩わしさを追い払うように冷ややかに繰り返す。すがりつくように見つめてくる由里子の視線が心地よかった。

「かしこまりました」

諦めたように一礼して由里子が去っていく。これで数日後に携帯に電話してやれば、彼女は喜々として飛んでくるはずである。その時は熟れた女体を徹底的に弄《もてあそ》ぶ。北原の構想は万全だった。

ほどなくして運ばれてきた徳利を猪口に傾ける。運んできたのは由里子とは別の若い女子店員だった。

「いらっしゃいませ！」

威勢のいい掛け声が再び店内に鳴り響いた。だが、誰が来店したかなど今の北原にとってはまるで無関心だった。カウンターに肘をつき、けだるそうに猪口を口に運ぶ。

「あれぇ？　北原じゃないか？」

背後から突然聞こえてきた声に、北原はハッとして振り向いた。かつて商事会社に勤めていた頃の同僚が三人並んで立っていた。三人ともカーキ色の作業服だった。青ざめた。

「やっぱり北原だ。おいおい、こんなとこで飲んでたのかよ。ところでどうした？　職はみつかったか？」

同僚たちの顔は真っ赤。ロレツも回っていない。かなり飲んでいるらしかった。

だが、北原は青ざめるばかりだった。酔っ払いの声は概してデカい。彼らの声は店の隅で待機している由里子の耳にも届いているはずだった。

「キ、キミ、もうちょっと静かに話してもらえないか。ちゃんと聞こえてるから」

あわてて制したものの、酔っている男たちには無駄な説教だった。

「お前、なに気取ってんだよ。職はみつかったのかよ。俺たちなんか散々だったぜ。会社が倒産してから職がみつかんなくてさ。お前だってそうだろ？　風の便りに聞いたぜ。奥さんに逃げられちまったそうじゃないか。亭主が失業しちゃあ無理もないけどな」

「そうそう。せっかく建てた家も借金のカタに取られたっていうじゃないか。ほーんと最近の銀行って冷たいよな。今、どこに住んでるんだ？　この近所か？」

「けど、スーツなんか着てるとこ見ると、そこそこの会社に潜り込めたのか？　まさか昔の栄華を懐かしんで、飲み屋に来る時だけ着替えて出てくるなんてんじゃねぇだろうな。俺たちはこの通り作業服よ。なんとか運送会社で拾ってもらえたってわけさ」

酔っ払いの言葉には遠慮がない。ましてやかつて一緒に飲み歩いた仲間とあっては無理もなかったが、衝撃の事実を次々に暴露されて、北原は生きた心地がしなかった。

恐る恐る店の隅に目をやる。由里子が無言で立っていた。遠目にも唇の震えが伝わってきた。

「キ、キミたち、ひょっとして人違いじゃないのかね？　僕はキミたちなんか知らないよ。忙しいんだ。失礼」

三人の間をすり抜けてレジに向かう。芝居じみた行動だと分かってはいても、それしかやりようがなかったのだ。レジで対応した店員は由里子ではなかった。彼女は店の隅で固まったままでいた。

「あーりがとうございましたぁ！」

威勢のいい掛け声に見送られて店を出る。アパートに向かって駆け出した。一刻も早く店から遠ざかりたかった。かつての同僚たちからも由里子からも……。

今度こそ由里子とは終わりだ……走りながら、そう何度もつぶやく。アパートにはあっという間に辿り着いていた。

ドアの内鍵を固く閉め、額に汗をにじませて上着を放り出す。ネクタイを緩めて万年床の上にドッと体を横たえる。

天井を見上げた。唇を嚙み締める。涙がにじんだ。不惑をとっくに過ぎているというのに、なんたる腑甲斐なさ……そんな叱責を己に浴びせる。もう一度唇を嚙み締めた。ドアにノックの音が響いたのはその時だった。

6

ドアを開けた北原は、そこに立っていたのが由里子だったことを知って青ざめた。彼女は藍染の作務衣を着けたままだった。

「なぜ？」

ここが分かった？　と聞きたかった。彼女には「会社からあてがわれたマンションに住んでいる」と告げてある。間違ってもアパートを訪ねてくるはずなどなかったのだ。とすれば密かに北原の住まいを調べあげてあったというのか……。

「知ってたのか、このアパート。そうさ、俺はこのボロアパートに住んでる。素性も、さっき店に来た連中が言ってた通りだ。何もかもバレちまったな。俺はこの通りのプー太郎さ。つまらんアルバイトでなんとか食いつないでる。ふん、単身赴任が聞いて呆れるよ」

自嘲ぎみに苦笑した。由里子の美貌が困惑したように歪んだ。

「いずれにしても俺たちはもう終わりだな。今夜、キミは俺の素性を全部知ってしまった。一年間、いい夢を見させてもらったよ。けど、俺もキミにそれなりの夢を見せてやったんだぜ。それだけは評価してくれよな」

言い放ってドアを閉めようとした。いつまでも由里子の顔を見ていると泣き崩れてしまいそうだったからだ。

「待って！」

由里子が叫んだ。

「あたし、とっくに知ってました。あなたが単身赴任なんかで来てるんじゃないこと」

「はぁ？」

ドアに掛けた手を止めて由里子を見やる。由里子の唇は震えていた。

「ごめんなさい。あたし、あなたのことがもっとよく知りたくて、店からお帰りになった時に後をつけたことがあったんです。それでこのアパートを知りました。たまたま近くまで来て、あなたが出勤するところを目撃したこともありました。汚れた作業着を着てらして……それも……出勤するのはせいぜい三日に一度くらいで……」

「なっ⁉」

衝撃で体が硬直する。だが、すぐに皮肉な笑みを浮かべて言った。

「そうか。そういうことだったのか。要するにとっくにバレてたってわけだ。俺はとんだピエロだったな。しかし、あんたはそれを知っていながら、ずっと知らんぷりをしててくれた。泣かせるほどご立派な心がけじゃないか」

哄笑《こうしょう》した。声を出して笑いながら虚しかった。が、由里子の言葉が笑いを遮《さえぎ》った。

「あたし、あなたのことが本当に好きだったんです。夢も見ました。もしかしたら北原さんと結婚できるかもしれない、って……」

「結婚? 笑わせるな。あんたは人妻だろ? それに俺とあんたは一回り以上も年が違うんだぜ。冗談にもほどがある。だいいち俺はドロップアウトした人間だぜ。アルバイトで食いつないでるくせに、スーツとネクタイで格好つけて回るアホな中年男だ。俺の素性を知って目が覚めたろ?」

「どうしてそこまでご自分を卑下なさるんです? アルバイトで食いつないでたっていいじゃないですか。どうして本当の自分をさらけ出そうとしないんです? あたし、北原さんはきっといつか本当のことを話してくれるはずだと信じてたんです」

「るさい！　小娘に何が分かる！」

怒鳴った。怒鳴りながら虚しかった。由里子の心根が痛いほど胸に沁み、怒鳴っている自分が卑しく思えてならなかった。が、照れと敗北感がそんな殊勝な気分を吹き消した。

「そうかい。そんなに俺に惚れてたんかい。ありがたいことだ。けど、わざわざアパートまで追い掛けてきたからには、それなりの覚悟はできてるんだろうな」

「え？」

由里子の瞳に戸惑いの色が浮かぶ。北原の言葉が正確には伝わっていないらしかった。

「あんたは俺にとって女神様だった。今から最後の晩餐を楽しもうじゃないか。ちょうどやりたかったとこだったんだよ」

手を伸ばして由里子の腕を引き寄せた。不意を突かれた由里子が室内にどっと倒れ込む。すかさずドアを閉め、由里子が着けていた作務衣の胸元に手を掛けた。

「きゃ！　馬鹿なことやめて！」

由里子がもがく。が、北原は渾身の力を込めて作務衣の前を掻きはだけ、その腰紐を解きにかかっていた。

「やめて！　冷静になって！」

「冷静になってるさ。あんたは俺に惚れてる。俺はあんたとやりたがってる。そんな二人がひとつ屋根の下にいたら、やることはひとつしかないだろ？　今までの感謝を込めて、今夜は最高の一発をご馳走してやるぜ」

腰紐を解き終えて、作務衣《さむえ》の中にズルリと手を差し込む。下腹部を包む薄布が指先に触れてきた。

「やめて、こんなことやめて。お願い、冷静になって。あたしはあなたの嘘を責める気なんてないの。夫がいるのに、あなたを愛してしまったあたしがいけないの。でもあたし先日、やっと主人と正式に離婚できたの。これからはあなたと一緒に生きていきたい。だめ？」

もがきながら由里子が叫ぶ。だが、北原の耳には届いていなかった。

作務衣の中に侵入した手で股間を探る。パンティの脇から指をくぐらせて恥毛を掻き分け、肉裂に指を押し込む。じっとり湿った粘膜をガムシャラに掻き回した。

「痛ッ！」

由里子の眉間が歪む。それまでに見たどんなヨガリ顔よりも官能的で刺激的だった。

「へへ。グショグショにしてやる。女神様のオマンコをとことん可愛がってやるぜ」

作務衣から手を抜き取り、尻の方から脱がせにかかる。

「いや！」

手を振り払って由里子が立ち上がる。その顔を北原は唖然として見上げた。

「なんだよ。せっかく最後の夜なのに」

つぶやく。そんな北原に、由里子が噛みしめるように言った。

「そうよね。本当に最後の夜ね。だから何もしないで別れましょ。主人との離婚が成立した日もちょうどこんな感じだったわ」

「な……」

自嘲とも苦笑ともとれる笑みを浮かべた由里子に、北原は返す言葉を失った。急に後悔の念に襲われ、未練が熱くこみ上げてきた。

「ほんとにこれが最後なのか？　俺たち、もう会えないのか？」

絞り出すように言葉を継ぐ。だが、それには答えずに、由里子がつぶやいた。

「素敵な夢をいっぱいありがとう。本当に楽しかった。さようなら」

「離婚が成立した日、ご亭主に対してもそう言ったのか？」

「そう……」

答えた由里子の瞳に涙がにじんだのを、北原は、見た。

〈初出一覧〉

甘美な毒　雨宮　慶　『小説NON』二〇〇三年十二月

軋み　藤沢　ルイ　『小説NON』二〇〇三年十一月

危険なモデル　井出　嬢治　『小説NON』二〇〇四年二月

泊まっていってください　内藤　みか　『小説NON』二〇〇二年十一月

不倫姉妹　櫻木　充　書き下ろし

裸足の聖女　北原　双治　『小説NON』二〇〇四年二月

息んで開いて　次野　薫平　書き下ろし

隣の席の淑女　渡辺やよい　『小説NON』二〇〇四年一月

闇の中の初体験　堂本　烈　『問題小説』二〇〇三年九月加筆

最後の夜　長谷　一樹　『特選小説』二〇〇四年四月

秘本Y

一〇〇字書評

切り取り線

購買動機（新聞、雑誌名を記入するか、あるいは○をつけてください）	
□（　　　　　　　　　　）の広告を見て	
□（　　　　　　　　　　）の書評を見て	
□ 知人のすすめで	□ タイトルに惹かれて
□ カバーがよかったから	□ 内容が面白そうだから
□ 好きな作家だから	□ 好きな分野の本だから

●本書で最も面白かった作品名をお書きください

●あなたのお好きな作家名をお書きください

●その他、ご要望がありましたらお書きください

住所	〒				
氏名		職業		年齢	
Eメール	※携帯には配信できません	新刊情報等のメール配信を 希望する・しない			

あなたにお願い

この本の感想を、編集部までお寄せいただけたらありがたく存じます。今後の企画の参考にさせていただきます。Eメールでも結構です。

いただいた「一〇〇字書評」は、新聞・雑誌等に紹介させていただくことがあります。その場合はお礼として特製図書カードを差し上げます。

前ページの原稿用紙に書評をお書きの上、切り取り、左記までお送り下さい。宛先の住所は不要です。

なお、ご記入いただいたお名前、ご住所等は、書評紹介の事前了解、謝礼のお届けのためだけに利用し、そのほかの目的のために利用することはありません。またそのデータを六カ月を超えて保管することもありませんので、ご安心ください。

〒一〇一―八七〇一
祥伝社文庫編集長　加藤　淳
〇三（三二六五）二〇八〇
bunko@shodensha.co.jp

祥伝社文庫

上質のエンターテインメントを！　珠玉のエスプリを！

祥伝社文庫は創刊15周年を迎える2000年を機に、ここに新たな宣言をいたします。いつの世にも変わらない価値観、つまり「豊かな心」「深い知恵」「大きな楽しみ」に満ちた作品を厳選し、次代を拓く書下ろし作品を大胆に起用し、読者の皆様の心に響く文庫を目指します。どうぞご意見、ご希望を編集部までお寄せくださるよう、お願いいたします。

2000年1月1日　　　　祥伝社文庫編集部

秘本《ひほん》Y《ワイ》　官能アンソロジー

平成16年9月5日　初版第1刷発行
平成21年10月25日　第11刷発行

著者　雨宮《あまみや》 慶《けい》・藤沢《ふじさわ》ルイ
井出嬢治《いでじょうじ》・内藤《ないとう》みか
櫻木《さくらぎ》 充《みつる》・北原双治《きたはらそうじ》
次野薫平《つぎのくんぺい》・渡辺《わたなべ》やよい
堂本《どうもと》 烈《れつ》・長谷一樹《はせかずき》

発行者　竹内和芳
発行所　祥《しょう》　伝《でん》　社《しゃ》
東京都千代田区神田神保町3-6-5
九段尚学ビル　〒101-8701
☎ 03(3265)2081(販売部)
☎ 03(3265)2080(編集部)
☎ 03(3265)3622(業務部)
印刷所　図書印刷
製本所　図書印刷

ISBN4-396-33182-7 C0193

祥伝社のホームページ・http://www.shodensha.co.jp/